Le premier jour de paix

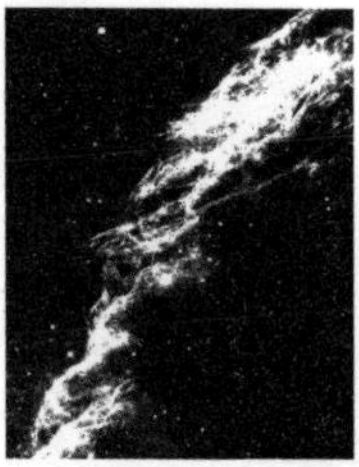

LA DENTELLE DU CYGNE

Elisa Beiram

Le premier jour de paix

L'ATALANTE
Nantes

Illustration de couverture : Thomas Dambreville
Maquette de couverture : leraf

ISBN 979-10-360-0154-3

L'Atalante, 15, rue des Vieilles-Douves, & 4, rue Vauban
44000 Nantes
www.l-atalante.com

VERS LE RIVAGE

UN ORAGE VIENT

Aux frontières du village, un singe venait une nouvelle fois de faire des siennes en subtilisant un plat laissé à tiédir sans surveillance sur un rebord de fenêtre. On entendait hurler et s'entrechoquer des casseroles, ce qui terrorisait les oiseaux dispersés en nuées désordonnées. Pas les macaques, cependant, qui étaient trop occupés à ricaner et se repaître de leur méfait. On ne voyait pas les coupables, mais on les devinait aux agitations vertes qui se répercutaient de branche en branche. Il y avait davantage d'excitation que la normale sous le couvert des arbres, une chaleur plus humide que les autres jours. On attendait un orage – un petit, car la saison des tempêtes avait déjà fait ses démonstrations annuelles. Du moins, c'était à espérer. Malmenée par des courants ombrageux, la chape hésitait encore à s'installer tout à fait au-dessus des toits de tôle. Cela laissait quelques heures avant le déluge, même si les habitants, dans la torpeur de midi, ne semblaient guère vouloir en profiter. Les cris d'outrage apaisés, il régnait un silence tranquille de fumées et de cliquetis familiers, un tapis réconfortant pour l'oreille.

Au-delà, c'était un autre silence, celui de la jungle, trop-plein de bruissements sauvages, de gazouillis douteux, de coups de vent pareils à des rugissements, et surtout, d'une attention muette et sournoise constamment portée sur le huis clos du village. De toute part, on était enserré par ses griffes. « Encore un coup du jaguar ! », dirait-on demain, au matin, dès qu'on aurait remarqué la disparition d'un membre de la communauté. Il avait bon dos, le jaguar, lui qui s'était éteint, en captivité, plus de quarante ans auparavant. Mieux valait accuser les singes, qui eux étaient réels, quoique seulement chapardeurs. Mais non, accuser le jaguar était plus commode… De qui se moquait-on ? Pour la dernière cité de Colombie encore debout, on aurait pu espérer un peu plus de tenue. Mais chaque jour se traînait dans la mangrove de l'hypocrisie.

Qui s'en souciait ? Aureliano était peut-être le dernier homme à regretter la couleur, la saveur, le souvenir de son pays. Ç'avait été la Colombie. Maintenant il n'y avait soi-disant plus de Colombie, plus de nations, seulement des Grands Territoires, que tout le monde surnommait « Jitis ». À l'intérieur du Jiti Américain, comme à l'intérieur du Jiti Sud, Occidental ou Oriental, chaque individu était libre de se déplacer comme il l'entendait. Aureliano lui-même aurait pu traverser le Panama, le Costa Rica, le Nicaragua, le Honduras, le Guatemala, le Mexique, et puis passer la frontière des États-Unis par tous les trous béants du Great Wall sans jamais se faire inquiéter. Pardi ! Il n'y avait plus personne ni plus rien pour l'arrêter. Rien qu'une vaste plaisanterie. Plaisanterie de la jungle, de la savane, des villes mortes et de l'océan sauvage. Plus rien que le village.

En rentrant de sa tournée, Aureliano allait droit vers le petit tableau de la cuisine, comme à son habitude, saisissant au vol éponge et craie. Fernanda le regardait toujours faire, anxieuse, à l'affût du nombre qui allait remplacer le précédent. Ce regard de sa fille lui rappelait comment enfant, tapie dans l'ombre de la porte, elle attendait qu'il posât sur la table ses prises du jour. Mais ça n'était plus les galettes, les légumes, les poissons, et encore moins les friandises qu'on comptait désormais, et Fernanda elle-même avait grandi jusqu'à blanchir et se rider. Parfois, Aureliano cherchait sur son visage vieillissant d'autres traits familiers, mais sa mémoire se dérobait sans cesse. Alors il ne lui restait plus que les chiffres, qu'il comptait méticuleusement sur le bout de ses doigts pour les empêcher de s'échapper. À quarante-cinq ans,

Fernanda atteindrait bientôt l'âge auquel le jaguar avait emporté sa mère, comme bien d'autres avant et après elle.

Aujourd'hui, on passait de deux cent quatre à deux cent un. Aureliano termina de noter le dernier chiffre, posa la craie dans son godet de plastique et se tourna pour chercher le regard de Fernanda. Il tenta d'y lire la gravité de la situation, mais ses yeux noirs n'affichaient que cet étrange orgueil sans fondement qu'elle portait à toute heure et en tout lieu.

— Tu as bien vendu ?

— Tous les œufs, et quelques galettes.

— Quels messages as-tu transmis, aujourd'hui ?

— Comment le saurais-je ? Je suis mandaté pour transporter les missives, pas pour fourrer mon nez dedans. Et c'est parce que je ne suis pas du genre fouineur qu'on me fait confiance pour accomplir cette mission.

— Et si tu transportais notre arrêt de mort, tu y as pensé, à ça ? Ne mériterions-nous pas d'être mis au courant ? Ne mériterions-n… Aureliano ! Où est-ce que tu vas ?

— À la plage.

— Quand il y a tant à faire ! Papa ! Et tu n'as même pas déjeuné…

Il avait passé l'âge de se faire tirer les oreilles, mais aussi de défendre son honneur. Tandis que sa fille continuait de se répandre en reproches avec pour seuls spectateurs les oiseaux revenus aux branches, il descendait sur le sentier qui menait à la mer, imaginant tous les trésors splendides et macabres qu'il allait y trouver.

Car la mort refluait chaque jour sur le rivage, et tous les après-midi, après sa tournée, Aureliano en récoltait les plus beaux spécimens. Monceaux de branches blêmes, écrins opalins, yeux de nacre, fanons crayeux, hérissons ternes, éponges salines, cerveaux exsangues, tulles brisés… Ils avaient été colorés, jadis. Aureliano l'avait vu dans des livres, un peu blanchis eux aussi. Aujourd'hui, il ne pouvait contempler que l'éclat éteint de leurs squelettes, qu'il ramassait à la pelle entre les grains de sable et de plastique. Ils étaient tous magnifiques dans leur délicatesse de fantômes, et tous auraient dû avoir leur place dans son grand ouvrage, mais il y en avait là plus qu'un homme ne pouvait en ramasser dans une vie. Si seulement il avait commencé plus tôt, si seulement…

Plutôt qu'aux soixante-quinze années qui précédaient, il voulait penser aux jours qui restaient. Il se savait gagnant, car chaque minute passée sur la plage recelait une qualité supérieure à une décennie entière. Même lorsque son vieil ulcère, compagnon de toujours, se rappelait à lui. Longtemps, Aureliano avait cru que c'était la rage de vivre qui s'était matérialisée en lui pour le pousser du berceau vers la révolte. Mais ça n'était rien qu'un mal de bide qui le poussait du berceau vers la tombe. Souvent il crachait, et croyait voir le sol se dissoudre sous le jet acide, concentré de toutes ses exactions. Mais le reflux des vagues venait toujours laver les traces de son existence passée et de sa mort imminente, en même temps qu'il lui portait coraux et coquillages.

Quand il en avait rempli sa sacoche, Aureliano les ramenait dans un repli de la crique, où il poursuivait l'œuvre de sa vie.

— Et qu'est-ce que tu nous construis, comme ça ? Un palais ? avait demandé Fernanda, qui avait fini par venir voir ce qu'il manigançait ainsi tous les après-midi.

— Ce n'est pas un palais, mais un mausolée idéal.

— Tant mieux. Dans la tête de beaucoup, tu es déjà mort.

— Je suis peut-être mort, Fernanda, mais je suis mort dignement. Et si un jour, bien après l'extinction de notre misérable espèce, les dieux ou les extraterrestres descendent sur Terre, ils verront que dans ce maudit village il y avait autre chose que de la laideur.

Au souvenir de cette discussion, Aureliano avait serré le poing, et un bout de corail s'était brisé dans sa main, qui s'était mise à saigner abondamment. Il aurait fallu être corail. Terrassés, ils savaient encore se défendre en usant de la seule force de leur adversaire.

Le vieil homme attrapa les fragments du bout des doigts et, sans prendre le temps de les rincer, les déposa délicatement sur le mortier humide, tentant de redonner sa forme originelle à la créature filiforme. Elle figurerait désormais un arbre brisé sur la ligne d'un horizon calcaire, les gouttes d'une averse sanguine ruisselant sur son tronc, d'un sang venu des dieux. Mais ces dieux-là étaient à prendre en pitié. Sous la frondaison grêle, une dame racornie observait ce spectacle, une main posée sur la nacre de sa robe, l'autre sur le bord de son chapeau en coquille d'huître. Derrière elle, au fond de la ligne de fuite, on distinguait la Plaza de Armas, ses deux clochers tout en coques surmontés de cérithes. Les toits d'abalone poli renvoyaient la chaleur des rayons de l'après-midi. Dans les yeux d'Aureliano, ce village miniature était bien vivant, et chacun de ses habitants, qu'il fût corail, coquille ou caillou, avait sa propre personnalité.

Absorbé par ce petit monde, il n'avait pas vu s'approcher l'enfant, les mains chargées de trésors.

— Papi ! Papi Aureliano ! J'ai ramassé les plus beaux que j'ai trouvés. Maintenant, tu dois me porter, car celui-ci il doit aller là-haut, au-dessus de la grande arche.

— Non, non, ce n'est pas comme ça que j'avais imaginé cette…

Il s'interrompit, car la petite lui renvoyait un regard plein d'étincelles noires. Remedios, se rappela-t-il enfin. La fille des anciens boulangers. Une orpheline du village, parmi tant d'autres.

— Pourquoi n'es-tu pas à l'école ?

— Ça recommence, là-bas, au village. C'est le jaguar total.

— Oh.

— Le professeur est parti comme une balle. Alors je suis venue ici.

— Tu as bien fait.

Elle hocha la tête avec le sérieux d'une grande personne, ce qu'elle était assurément, et se mit vite à l'ouvrage, rapportant en courant des poignées de bricoles luisantes de mer. Quand elle en eut amassé suffisamment, elle commença à les aligner du bout de ses petits doigts, les unes après les autres, avec une grande minutie. Des chemins de coquillages, qui se mirent à serpenter tout le long de l'œuvre d'Aureliano, jusqu'à former un être aussi disgracieux que tentaculaire en plein milieu de son village idéal.

— C'est quoi, ça ?

— Une pieuvre. Ça existait pour de vrai, je l'ai appris à l'école.

— Écoute, je n'avais pas prévu qu'il y ait des animaux…

— Et pourquoi ?

— C'est un monument, pas un zoo.

— C'est quoi ça, un zooouh ?

— Un zoo, c'est… Ce n'est pas important. Oublie ce que j'ai dit, d'accord ? Regarde plutôt cette pieuvre ! Tu es douée, gamine. Je n'avais pas pensé à utiliser les coquilles de bulots de cette manière, pour les yeux. Tu as faim ?

— Rien mangé depuis hier.

— Tiens, prends une galette. Tes oncles sont trop occupés à se taper dessus pour penser à te nourrir, hein ?

— Les singes sont plus gentils. Mais ils sont voleurs.

Après un encas roboratif, le vieillard et la fillette se remirent au travail. Et tandis qu'ils cueillaient délicatement les vestiges de la mer, les coups de feu résonnaient depuis le village. C'était une musique pétaradante, trop brutale pour être funèbre, mais qui déchirait le cœur à chaque percussion qu'on imaginait portée à un être cher. Concentrée sur sa tâche, la petite faisait mine de ne rien entendre.

— On dirait qu'un orage vient, fit-elle remarquer en s'épongeant le front de son poignet menu.

21 septembre 2098

Aux émissaires, ouvriers de la paix, conciliateurs, diplomates, dirigeants, décideurs, ou à quiconque possédant les moyens de nous venir en aide.

J'envoie cet ultime appel au secours. La vendetta ronge mon peuple. Nous avons depuis longtemps dépassé le point de non-retour. Il n'y a plus qu'une solution pour la conservation de notre lignée culturelle et génétique : nous devons nous disperser, prendre des chemins séparés et fondre notre patrimoine dans la grande famille qui est la nôtre. Mais notre environnement nous empêche de prendre pareille décision. Au village, nous avons des ressources en abondance, de l'eau claire, un climat clément, tout ce qu'il faut pour vivre. Tandis qu'autour il n'y a que la jungle, trop épaisse pour nous offrir une sortie et trop étroite pour nous ouvrir un horizon. Une frontière sauvage sans aucun espoir de survie, aux portes de laquelle s'étend un désert de roches, de sable et de vent. Nous ne pouvons partir par nos propres moyens.

Je sais, pour avoir étudié les dernières cartes, qu'il n'existe aucun foyer de population référencé à moins de mille cinq cents kilomètres à la ronde. Cependant, je sais aussi qu'ailleurs sur cette planète des hommes se déplacent, qu'ailleurs encore ils se rassemblent en grand nombre. J'ai vu un avion passer dans le ciel, il y a un mois et demi. Je vois le réseau se remplir fréquemment de nouvelles occurrences, que je me refuse à croire produites par une bande de machines perverses.

Je joins nos coordonnées géographiques à qui voudra bien les recevoir et les prendre en considération. Je ne peux allumer le terminal commun que rarement. Le matériel tombe en panne de plus en plus souvent, les composants sont très abîmés, et les gisements urbains accessibles via nos moyens de transport, épuisés depuis longtemps. Avant, nous poussions les expéditions jusqu'à Medellín, mais plus personne ici ne se préoccupe d'alimenter le cordon qui nous relie à l'humanité. Je crains que chaque session ne soit la dernière, et que nous ne soyons bientôt entièrement coupés du monde.

Il y a ici deux cent une âmes qui attendent sauvetage.

Demain, ce sera moins.

Aureliano Caballo, d'un village sans nom et sans avenir.

UNE BRÈVE CLARTÉ

— Ouah, vous avez vu ça ?

— Eh ! C'était quoi ?

— Qu'est-ce qui se passe ?

Alertée par le flash, une nuée de gosses remontait à la surface, truelles en main, yeux rougis par le sel. Certains d'entre eux avaient décidé que le mausolée idéal devait s'étendre jusque sous la mer, afin que les poissons endeuillés eux aussi puissent s'y recueillir. Aureliano avait essayé de leur expliquer qu'appliquer du mortier alors qu'on était immergé et ballotté par les vagues était une entreprise au-delà de l'ambitieux, mais ils n'avaient rien voulu entendre. Et force était de le constater, ils étaient en train de lui donner tort.

— Non, mais c'était quoi, en vrai ?

— C'était encore plus jour que le jour.

— Une bombe atomique. Ça peut être que ça.

— On va tous crever.

— Ou avoir des bras qui poussent sur la tête !

— Non, ça venait du ciel, bande d'abrutis.

— Eh ! Toi-même, fiente molle !

Pour le vieillard apathique du village, c'était ironique de se retrouver avec tous les enfants surexcités du coin dans sa traîne. C'était bruyant, surtout. Mais Aureliano ne s'en plaignait pas. Mieux valait qu'ils soient ici plutôt qu'à jouer avec des fusils en compagnie de leurs butés de parents.

— Dites, papi Aureliano ! C'était quoi ?

— Je n'en sais pas plus que vous. Un simple boulon filant ? Ou un satellite égaré qui a explosé en entrant dans l'atmosphère ? Dans ce cas, ce serait très ennuyeux. Déjà que la connexion n'était pas fameuse…

— Mouais, j'y crois pas trop.

— Tu as raison, je n'y crois pas non plus.

— Tant pis pour les explications.

— Oui, remettons-nous au travail.

De jour en jour, l'œuvre prenait de plus en plus d'envergure, sans toutefois perdre sa cohérence, qui résidait dans l'équilibre de ses excentricités. Aureliano y veillait, et les enfants y mettaient tout leur cœur, affichant une surprenante détermination pour une obsession qui n'était au départ que celle d'un vieux un peu paumé. Certains triaient plastiques et coquillages, pendant que d'autres grimpaient, plongeaient, bâtissaient, ou préparaient le mélange de colle qui servirait à fixer les breloques dénichées jusque sous les flots, car la plage ne suffisait désormais plus à régurgiter assez de trésors pour les petites mains avides. C'était un joli remue-ménage, constructif et joyeux, qui rendait le retour à la communauté, à la tombée du jour, toujours plus douloureux.

Le chemin qui menait à ce monde de terreurs crépusculaires recelait quelque chose de fantastique, comme si la réalité résidait non pas là-bas, au village, mais sur la plage, où l'on parlait une langue réinventée chaque matin, où l'on discutait avec les grains de sable et avec les vagues, où l'on croisait d'aimables fantômes et des monstres plus sympathiques encore, où l'on déballait comme un cadeau chaque amas précieux présenté par la marée. Les mômes l'avaient happé dans leurs univers, ils avaient donné sens et corps à la ville coquillage, et les semaines avaient passé sans qu'Aureliano ne prête plus attention aux chiffres qu'il inscrivait pourtant lui-même sur le tableau de la cuisine : 172, 166, 153… Les chiffres aussi étaient capables de danser, de s'oublier. Pour cela, il suffisait de courir vers la crique, sous le soleil écrasant de midi, arrachant en chemin un morceau de pain de maïs à pleines dents – ou ce qu'il en restait.

Les jours filaient comme ils le devaient, c'est-à-dire gaiement. Et dans ce temps retrouvé, dans cette qualité de présence, il étincelait comme une lumière, inespérée : Aureliano pouvait-il cesser de se sentir vieux, comme il s'était autrefois senti guerrier, et devenir homme ?

Cent cinquante, annonçait le tableau. Le chiffre frappa sa conscience au moment où il passait la porte de la cuisine, et le stoppa net dans son élan. Cent cinquante habitants, cela faisait cinquante de moins qu'un mois plus tôt. Aureliano voulut faire le calcul, mais chaque chiffre était bien plus que cela, et la mesure de cinquante hommes et femmes, amis ou ennemis, le plongeait dans des abîmes vertigineux où le zéro, tapi, guettait. Il sortit les mains de ses poches, oublia les gens et compta ses doigts. Aujourd'hui, cent cinquante. Et dans moins de trois mois…

— Où étais-tu, Aureliano ?

— À la plage, avec les enfants.

— Et pendant que tu t'amuses avec les enfants, à construire tes œuvres vaines et ridicules, notre communauté s'écroule !

— Au moins quelqu'un s'occupe-t-il des errants, des orphelins, des rejetons que les parents délaissent pour mieux se déchirer entre adultes consentants. Comment ferions-nous cesser les querelles, si c'est le seul héritage que nous leur léguons ?

— Tu me fatigues, Aureliano ! Avec ou sans toi, l'affrontement final aura bien lieu. Dire que tu étais parmi les meilleurs, un père dont j'étais fière. Mais la vieillesse t'a ramolli, ou bien est-ce autre chose ? Où est l'homme qui m'a forgée à coups de ceinture ? Je préférais encore celui-là.

— Vraiment ?

Il s'avança d'un pas, la vit frémir, mais non pas ciller. La chaleur était montée d'un coup à ses oreilles, ses muscles s'étaient raidis et ses poings serrés. Osseux, si peu solides. Fernanda ricana.

— Je n'y crois pas, petit papa. Tu sais ce qui te trahit ? Tu as les yeux d'un pauvre perdu, comme si le monde te coulait autour. Quel déshonneur, si les hommes te voyaient… Si tu savais tous les sacrifices que je fais pour vous protéger, toi et ta lâcheté !

À quoi bon lui expliquer avec des mots ? Cette teigne de fille, cette sauvage dévergondée, cette putain écervelée, il n'y avait toujours eu qu'une manière de lui faire comprendre les choses. Comme à sa mère. La rage se refermait sur lui comme un couvercle et il se mit à bouillonner, à tel point qu'il tremblait de partout.

Il n'était pas piégé, pourtant, malgré les injonctions de ses membres impatients de frapper et les grincements de ses mâchoires scellées par un noir dessein. Il savait exactement quoi faire pour s'extirper de cette situation. Il le savait depuis ce jour où, pour la première fois, il avait brisé la montée pernicieuse en retenant ses coups pour mieux s'échapper, laissant les idées les plus monstrueuses se déchaîner dans sa tête tandis qu'il défonçait le sol de ses pas d'ogre hargneux. Quand la colère, puis la honte d'avoir fui s'en étaient allées, dans la froideur des cendres, il avait alors réalisé l'homme qu'il avait été. Une ombre d'homme, guère mieux.

À présent, Aureliano était loin de la maison. Lorsque la pression à ses tempes retomba et qu'il comprit qu'il avait résisté, une fois de plus, il ressentit plus de soulagement que de fierté. C'était une victoire qu'il ne pouvait partager avec personne d'autre que lui-même.

Comme toujours, la salle « commune » était déserte, pour ne pas dire abandonnée à la poussière. Et l'ordinateur ne s'allumait pas. Il vérifia toute la connectique et dut se résoudre à démonter la tour une énième fois, en priant pour que les composants critiques ne fussent pas touchés. Il finit par bidouiller comme il put en récupérant une pièce sur la carcasse d'une machine à café beaucoup trop sophistiquée pour son usage. Tout cela, Aureliano le faisait le plus silencieusement possible, car si quelqu'un le voyait faire, ce serait l'opprobre, voire pire, la mort. On ne remettait pas en cause le moteur de la communauté, son indépendance. On n'avait besoin de personne, et certainement pas du reste du monde.

Son acharnement ne fut pas vain, car lorsqu'il arriva sur le réseau, il vit que quelqu'un lui avait envoyé un message. C'était une émissaire du nom d'Esfir, et elle était connectée en ce moment même. Il brancha les écouteurs à l'unité centrale. L'émissaire répondit aussitôt et, plus incroyable encore, il entendit chacune de ses paroles, très distinctement. Son castillan était étrange, peuplé de mots bâtards, mais, cela s'entendait, elle faisait de gros efforts.

— Caballo, je m'excuse de ne pouvoir te parler que maintenant, je viens tout juste de récupérer un accès. Quelqu'un a-t-il répondu à ton appel ?

— Personne.

— Je ne veux pas leur chercher d'excuses, mais vous êtes très isolés, géographiquement. Moi-même, je ne sais pas ce que je peux faire pour vous.

— Je sais que nous sommes condamnés. J'espérais une mission de sauvetage. Je vois des avions, parfois.

— Ils sont principalement destinés aux instances dirigeantes et aux missions diplomatiques.

— Ah, oui, la fameuse guerre entre les Jitis ? Jamais vu par ici. Nous, on fait ça en famille, de génération en génération.

— Je te rassure, à part sillonner la planète dans leurs aéronefs, ces gens-là ne font pas grand-chose.

— Et pendant ce temps, nous, on s'exterminera jusqu'au dernier.

— Il y a des enfants ?

— Un paquet. Et aussi de pauvres vieux comme moi.

— Bien sûr, je ne voulais pas…

— T'inquiète pas, je ne suis pas du genre susceptible. Avant, oui, j'étais en colère. Maintenant, j'ai seulement peur. Et je suis atterré de te le dire, mais j'ai arrêté de vouloir faire entendre raison aux habitants du village. J'ai essayé dur, je te jure, de suivre toutes les directives des guides d'ouvriers de la paix, mais je n'y arrive pas. Ils ne veulent rien entendre. Ils ne me prennent pas au sérieux.

— C'est plus facile quand le conciliateur vient de l'extérieur.

— Personne ici ne vient de l'extérieur. L'extérieur, c'est la mort. Nous avons été têtus. Quand le deuxième exode a commencé, nous sommes restés enlisés sur place, à regarder nos alentours se désagréger. Tu comprends, ici, dans notre microclimat, cela restait vivable, et ça l'est toujours. Je sais qu'il n'y a plus beaucoup d'espoir pour nous, mais si toi tu étais là, que ferais-tu ?

— Je m'attacherais d'abord à comprendre les circonstances qui ont rendu possible l'installation de cette violence, à tous les niveaux.

— Ça, c'est pas sorcier : la peste humaine est venue des montagnes. C'en est une que j'ai moi-même contribué à faire venir jusqu'ici, avec toute l'ardeur de ma jeunesse. On crevait, là-haut, tu comprends ? Je veux dire, on crevait encore plus que d'habitude, et surtout, de la main d'un ennemi qui échappait à notre contrôle. Les tempêtes, les glissements de terrain ne comprennent pas le langage de la menace… Alors on est descendus. Sur Medellín, d'abord, et on était sciés par les belles villas de l'Oriente cercano, par la ceinture verte du jardin Circunvalar, par les immeubles chics et élancés, tous ces trucs qu'ils avaient construits pour rendre la ville « attractive », dépolluer et chasser les pauvres. On a tout souillé. Avec pas mal d'enthousiasme, je dois dire, on a rappelé aux commandants complices à quel point leur argent était sale. Mais ça ne nous a pas sauvés non plus. Alors on est repartis. Quand on est arrivés sur la côte, les gens ne nous ont pas vus d'un bon œil, mais personne ne pouvait refuser le pain au voyageur affamé. Seulement, une fois le voyageur rassasié et installé, il avait pris ses aises et enraciné ses vieux travers, ses petites manies dévastatrices.

— Tu étais dans les Forces armées révolutionnaires, si je comprends bien ?

— Les tristement célèbres.

— Les circonstances sont donc à chercher plus loin que ce récent événement migratoire.

— La violence, ici, c'est une tradition. On y met beaucoup de ferveur, mais moi je crois plutôt que dans la reproduction de ces schémas destructeurs il y a une certaine abdication. C'est une tragédie à l'échelle d'un peuple.

— La violence n'est pas une hérédité, mais un héritage, dont il est certes difficile de se défaire.

— Tout de même, n'est-ce pas ironique ? Faut-il que nous profitions de conditions idéales à la vie pour la massacrer sans vergogne ? Crois-tu qu'il aurait fallu connaître l'exode, le vrai, pour changer réellement au fond de nous ? Pour devenir, ou redevenir, humains ? Quel est ce mal qui nous ronge ?

— Excus… Cab… pas bien entendu. On dir… la connex… Je n… pense pas qu… problème satell… Tout foncti… ici.

— Évidemment, que ce n'est pas un problème de satellite. Ça vient d'ici, c'est cette foutue mémoire tampon ! On a rafistolé les pièces, recyclé toutes les machines qu'on avait sous la main, fondu et refondu les métaux, mais il y a des matériaux qu'on ne peut plus récupérer. La dernière fois qu'on est allés sur un gisement urbain, on a perdu plusieurs des nôtres, empoisonnés. De toute façon, de qui est-ce que je me moque ? Les autres ont depuis longtemps arrêté de s'intéresser au reste de l'humanité. Mais quelle importance ! Nous serons tous morts avant d'être coupés du monde.

— E… tu… séc… rité ?

— Pour l'instant, on me laisse tranquille, parce que je suis un grand-père, et sans doute… sans doute ma fille, malgré tout son ressentiment, doit-elle les retenir de massacrer son père.

— Ne perd… … espoir. Vous av… conditi… idéal… vie. Beauc… envient …reille situation. C… allô ? Aur… no… ? Je … perdu.

— Attends ! Dis-moi ! Dis-moi quelle est la formule ! Comment arrive-t-on à la paix ?

— La paix n'est pas… une destination… mais des conditions… grâce auxquelles il est possible de… transformer… les conflits de manière… constructive.

Pourquoi, au milieu de toute cette friture, la phrase s'était-elle manifestée avec autant de clarté ?

L'interface se figea, une intense soufflerie se fit entendre, de pair avec une multitude de cliquetis, puis l'écran s'éteignit tout à coup. Le cœur d'Aureliano battait à tout rompre. Un instant, il avait cru toucher une vérité du doigt, mais cette compréhension s'était rapidement délitée, et il ne restait plus qu'un silence pâteux et insoluble. Ses poils se hérissaient dans la chaleur humide. Désormais, les enfants et lui étaient vraiment seuls au monde.

LE MAUSOLÉE IDÉAL

Naïf, Aureliano, pauvre naïf ! Il se revoyait compter les morts sur ses doigts, s'inquiéter de ses prévisions qui se révélaient chaque matin un peu plus fausses, et continuer pourtant à calculer les jours restants. Comme si le déchaînement des pulsions humaines respectait une quelconque loi mathématique. Qu'Aureliano comptât ou qu'il ne comptât pas, il avait fallu beaucoup moins de trois mois pour voir s'effondrer le nombre d'habitants sur le tableau noir de la cuisine. Trois semaines avaient suffi pour chauffer le fer. Trois jours pour le battre. Et en trois minutes supplémentaires, tout avait basculé.

Mais c'était terminé, à présent. Un silence jamais éprouvé jusqu'à ce jour était descendu sur le village. Des colonnes de fumée s'élevaient douloureusement dans la brume marine. Aux frontières, dans les branchages confus, les singes eux-mêmes s'étaient faits immobiles. Sur la plage, on avait arrêté de ramasser les coraux, on s'était assis en rond, et on avait attendu que le monde s'écroule. Après le choc et l'attente, une agitation avait fini par se manifester, sans mener pourtant à une action précise. Parfois, comme visité par un éclair, un des enfants se levait pour se précipiter vers un but inconnu, aussitôt rabroué par un marasme plus impérieux qui le faisait rasseoir les fesses droit dans le sable.

Au bout de ce moment qui avait allongé le jour jusqu'à le rendre exsangue, on vit descendre Oscar entre les rochers de la crique. Même dans les brumes, la silhouette était reconnaissable entre toutes. L'épaule gauche un peu en dessous de l'autre, la tête penchant du côté droit, le pas mi-rageur mi-tracassé, et puis le fusil au bout du bras. Immanquable. En s'approchant, il dévoila les menus détails de la laideur qui camouflait sa jeunesse, la grimace figée comme un mauvais sourire, le sang toujours luisant sur les habits. Il y avait décidément toujours eu quelque chose de louche, avec ce type.

— Que viens-tu faire ici, Oscar ? N'as-tu pas massacré suffisamment de monde dans le village ? Que te faut-il de plus ?

— Tu n'as pas pris parti, vieillard. C'est là ton erreur. Tu aurais dû prendre le parti des gagnants.

— Il n'y a que des perdants. Comment peux-tu ne pas le voir ?

— Ferme-la, je n'ai pas marché jusqu'ici pour t'écouter débiter tes mièvreries, mais pour terminer ce qui a été commencé.

— Laisse ces gosses tranquilles !

Oscar jeta un rapide coup d'œil aux alentours, puis il pointa son canon sur l'un des enfants.

— J'espère que tu plaisantes, Oscar. Lâche cette arme et viens te battre, si tu es un homme.

Les mots lui brûlaient la bouche. Le plus étonnant, c'est que cela marcha.

Oscar avait jeté son fusil dans le sable. Et maintenant, Aureliano avait peur. Sans doute Fernanda avait-elle raison, sans doute s'était-il ramolli. Les os cassés se réparant aussi rapidement que les intestins un lendemain d'*aguardiente* frelatée, autant dire qu'empiler des coraux sur la plage représentait une activité raisonnable et adaptée comme il fallait à sa condition. Combattre Oscar, en revanche, ne l'était pas.

Les manches retroussées et les trapèzes saillants sous la chemise, celui-ci vint, un peu hésitant d'abord, car les corps grabataires ont ceci d'intimidant qu'avec la vie gravée en eux ils relèvent d'une part de sacré. Minauderies ! Oscar était là pour achever son œuvre, et il n'y avait pas la place pour deux monuments dans la ville. Alors qu'attendait-il, ce morveux ? Piqué au vif par tant de précautions à son égard, Aureliano comprit enfin qu'il en avait lui aussi en réserve, de cet honneur mal placé qui a le mérite de consumer la peur. Et c'était tout ce dont il avait besoin. Se sentir au niveau du singe. Pas au niveau du mollusque – alors qu'il le savait mieux que quiconque, les mollusques étaient des êtres très respectables.

Aureliano fit un pas, et parce qu'il était singe, il ne put s'empêcher de ricaner au moment où il fit mine de trébucher. Profitant de l'élan, il pelleta une généreuse poignée de sable et l'envoya droit dans les yeux de son adversaire, qui avait pénétré dans le périmètre de l'imprudence. Hurlant à tous les diables, Oscar fonça épaule en avant, mais il était aveugle, et Aureliano évita sans peine sa ruade pour mieux lui balayer les jambes, le projetant à terre.

Avant qu'il n'ait pu lever le pied pour le lui caler dans les côtes, Oscar avait roulé un peu plus loin. Le vieil homme tenta néanmoins sa chance, peut-être la dernière. Elle se heurta à un avant-bras solide. La décharge le parcourut du talon jusqu'au creux de la nuque. Sonné, il recula de quelques pas, déséquilibré par sa jambe endolorie. Un œil entrouvert rouge et larmoyant, l'autre scellé de force, Oscar était en train de se relever, ce qui signait la fin du bref avantage qu'Aureliano avait eu dans cette partie mortelle.

— Fils de…

— Fils de quoi, Oscar ? Fils de singe ?

— Fils de ton père et de ta mère, tout retournés de honte dans leur tombe, père de ta chienne de fille dont le cadavre mouille d'impatience en attendant que je vienne le profaner de ma queue.

Aureliano rabroua d'un seul élan les frissons qui prenaient possession de ses membres et la douleur foudroyante de cette révélation. Il se retint plus encore d'avoir un mouvement précipité.

Échaudé, Oscar avait jeté ses insultes en se tenant à bonne distance, tâchant dans le même temps d'éliminer les grains de sable qui lui écorchaient la cornée. Sans baisser la garde. Quand il eut estimé avoir gagné suffisamment de temps, il commença à se déplacer en cercle pour tenter de contourner le vieillard. À ce petit jeu, Aureliano ne pouvait que le suivre. L'expression d'Oscar s'était totalement fermée, les lèvres scellées, un souffle puissant s'échappait de ses naseaux dilatés. Puisqu'il n'avait pas réussi à le provoquer, il se contenterait d'acculer Aureliano dans le vertige de son effet centrifuge, portant de temps à autre des coups légers sur un flanc ou l'autre, et ce jusqu'à épuisement de sa proie.

Aureliano réagissait vite, aussi vite que possible, parant et contre-attaquant avec maîtrise et mesure afin de ne laisser fuiter aucun tremblement, aucune faiblesse du corps. Ce faisant, Oscar lui causait beaucoup plus de mal qu'il ne pouvait l'imaginer. Les véritables coups se trouvaient loin des impacts de ses poings noueux. Ils s'insinuaient dans chaque esquive, chaque changement de direction, chaque contorsion des articulations. Des douleurs qu'Aureliano côtoyait depuis longtemps, et qu'il sentirait chaque jour jusqu'à la fin de sa vie. Puis il se rappela que sa vie ne connaîtrait pas d'autre jour, et face à cette injustice, il se sentit faillir un peu plus.

— Assez joué.

Aureliano n'était pas sorti de la torpeur dans laquelle cette parade hypnotique l'avait entraîné, qu'un uppercut l'envoya voler. Sa tête avait tapé le plafond du ciel, mais, heureusement, Oscar était là pour la ramener sur terre. Il s'était agrippé fermement à sa gorge et tirait, tirait pour sauver le brave rêveur, l'empêcher de décoller, le garder tout près de lui.

Par esprit de contradiction, peut-être, par fierté, sans doute, Aureliano participait volontiers à cet effort, de toute la force du désespoir, appuyant de tout son poids sur les lianes étrangleuses, lançant ses yeux les plus noirs et ses grimaces les plus terrifiantes. Si le diable devait accomplir cet acte, il ne l'accomplirait pas seul. C'était un travail d'équipe, et d'ailleurs Oscar lui-même devenait rouge, violine puis bleuet, des colibris picoraient ses beaux cheveux, épiphytes resplendissant sur un arbre malade de la mort, et l'obscurité épaisse tombait sous les frondaisons archaïques de son front.

Au bout du bout de cette empoigne d'une fraternité asphyxiante, les deux hommes se figèrent. L'oxygène, la mer, le ciel étaient subitement revenus. Une balle était partie, plus subitement encore. Mais où était-elle allée se ficher ? Aureliano tâtonnait le long de ses flancs, à la recherche du trou fatal, mais Oscar était déjà en train de s'écrouler, un petit pas après l'autre. Il n'avait pas mis genou à terre que les mômes se jetèrent d'un seul élan sur lui, le plaquant dans le sable.

— Non ! Arrêtez ! Arrêtez…

Mais Aureliano était devenu muet, ou alors les enfants étaient devenus sourds, comme le sont tous les êtres précipités dans l'accomplissement d'un but terrible.

Quand à force de coups de griffes, de poing et de cailloux ils furent venus à bout d'Oscar, dont les hurlements avaient fait décoller des nuées d'oiseaux terrorisés partout à la ronde, les enfants abandonnèrent ce qu'il restait de lui aux mouettes opportunistes et carnassières qui tournoyaient déjà au-dessus de la plage. Ils vinrent alors doucement entourer Aureliano de leurs bras malingres. Malgré ses côtes et sa gorge douloureuses, le vieux se mit à sangloter.

— Il allait vous tuer, monsieur Aureliano !

— Et ce qu'il a dit, sur votre famille, c'était pas correct.

— Non, vous ne comprenez pas… Il faut que cela cesse…

— C'est vous qui ne comprenez pas, les plus braves crèvent et c'est la peur qui règne. Maintenant, c'est fini, et on va veiller sur vous.

Mais Aureliano était inconsolable. Malgré tous leurs efforts, leurs mots les plus doux et leurs bisous les plus appliqués, il pleura, et les enfants finirent par pleurer avec lui comme les orphelins qu'ils étaient, les plus jeunes en premier, suivis de tous les autres, jusqu'aux plus aguerris.

Alors que les dernières larmes avaient séché et qu'un soleil de feu s'étalait, agonisant, sur l'horizon, il y eut un bruit peu familier. Et totalement inespéré. C'était un énorme vrombissement venu du lointain, qui en s'approchant emplit tout l'espace. Les gosses s'étaient d'abord terrés dans le mausolée de coquillages, mais en voyant Aureliano scruter le ciel, la main en visière, la curiosité l'avait emporté. Comme lui, ils se mirent à courir en direction du village. Cela relevait de l'exploit, pour eux tout desséchés, qui avaient oublié de boire, de manger, de parler, oublié comment on vivait, ces dernières heures. Mais ils se sentaient pousser des ailes.

L'avion était d'une taille modeste, mais son atterrissage sur le terrain cabossé bordant le village ne s'était pas déroulé sans quelques terrifiants rebonds. Quand il était arrivé à bonne distance du sol, des rotors s'étaient déployés de part et d'autre des ailes et du fuselage, afin d'amorcer une approche à la verticale. Cette prouesse n'avait pas manqué de provoquer des hurlements parmi les singes alentour, mais peut-être était-ce seulement une réaction primaire au vent infernal qui paraissait vouloir arracher toutes les branches de leur habitat. Aureliano n'avait jamais vu ni entendu parler d'une telle technologie. En même temps, il dut admettre que, de sa vie entière, il n'avait jamais vu une machine volante d'aussi près. Lorsqu'il avait descendu le Paramillo avec sa compagnie, il était passé devant des aéroports. Mais les appareils abandonnés sur le tarmac, vidés de leur kérosène et impossibles à manœuvrer pour lui comme pour ses camarades, ne valaient pas la peine qu'on tente d'escalader l'enceinte barbelée par quarante degrés à l'ombre.

Une fois les moteurs coupés et le silence revenu, une jeune femme apparut dans le cadre arrondi de la porte. Elle amorça un pas sur la rampe qui s'était prestement déployée sous ses pieds, mais elle n'acheva pas sa descente. Elle avait nettement pâli, et gardait les yeux rivés sur Aureliano. À moins que ce ne fût sur quelque chose d'autre, derrière lui. Il se retourna.

— Ah, oui…

Il aurait voulu lui préciser que les survivants n'avaient pas encore eu le temps de transporter les corps vers des sépultures plus dignes, qu'ils n'étaient d'ailleurs ni assez nombreux ni assez costauds pour s'occuper de « faire le ménage », mais quelque chose le retint. Il ne voulait plus parler. Les mains avaient tué, oui, mais c'était les mots qui avaient déclenché cette catastrophe, les mots étaient sales et maudits.

L'arrivante comprenait-elle seulement le castillan ? Elle avait porté le bout des doigts à ses lèvres et elle se mordillait les ongles, l'air soucieux. Il était un peu tard pour se faire du souci. Pourquoi n'était-elle pas venue quelques heures plus tôt, quand tous étaient encore en vie ? Ou quelques semaines avant, quand les disputes n'avaient pas encore viré à l'affrontement ? Ou quelques années avant, quand… quand quoi ? Avait-il toujours été trop tard ?

— Je m'appelle América Pérez, je suis négociatrice pour la Paix Universelle. Nous avons reçu votre appel et nous venons vous chercher… Combien êtes-vous de survivants ?

— Pas assez pour remplir cet avion. Où nous emmenez-vous ?

— Près de la mer Baltique.

— Où est-ce ? Dans le Nord, c'est ça ?

— Sur les côtes de l'ancienne Estonie.

Baltique, Estonie, tout cela ne lui disait rien, mais il était sûr d'une chose : c'était loin.

— C'est près de l'ancienne Russie.

Si loin ?

— Aucun de ces gosses n'a de notion du langage universel.

— Vous apprendrez, il y a des écoles spécialisées dans l'intégration des exilés.

— L'intégration ? L'intégration dans quoi ?

— Mais dans… dans le grand bain !

Elle lui offrit un sourire encourageant, mais, tout à coup, Aureliano se sentait déjà mort et six pieds sous terre.

En parlant de mort, il se rappela soudain les siens, et il se détourna de l'arrivante pour scruter le charnier qui avait un jour servi de terrain de football. La réalité prit peu à peu consistance : dans le pli d'une jupe, la bague d'une main, la lèvre d'un ami. À force de coups d'œil désolés, coléreux, consternés, Aureliano finit par trouver ce qu'il cherchait.

Il souleva le corps de Fernanda, si pesant, pour le poser sur son épaule. Chancelant, il descendit jusqu'à la crique avec la volée habituelle d'enfants dans son sillage, silencieux comme les blattes courant le long des murs. La femme les suivait à distance respectueuse. À bout de souffle à l'issue de son chemin de croix, il laissa tomber la dépouille sur le sol, et le son sec du corps sur le sable, la vision de cet être qu'il avait conçu et connu, vidé de toute vie, le glacèrent. Les poils hérissés, l'effroi en bandoulière, il remit les membres en ordre et traîna son funèbre paquetage jusqu'au creux de son caveau, léché par les vagues à cette heure de marée haute.

— Fernanda…

Il commença à se signer, mais s'interrompit, stupéfait. C'était sa propre mère, depuis longtemps disparue, qui avait cette drôle d'habitude, et qui avait soudain jugé bon de se manifester dans ses gestes. Mais lui n'avait aucune prière à prononcer. De le savoir, il se sentit nu et esseulé. Pourquoi Dieu n'existait-il pas ? C'était un mystère bien triste.

Quant à leur sauveuse… Elle était là, elle existait bel et bien, et elle attendait sans doute une explication.

— Fernanda. C'est ma fille.

— Je suis désolée…

— Ce n'est pas grave. Il n'y a pas de place pour les gens comme elle, dans votre « grand bain ».

— C'est grave. C'est grave que pour pouvoir naître, ce monde ait dû se débarrasser d'un si grand nombre de ses enfants.

— Fernanda est enfin en paix. Et je le suis aussi. Car il a fière allure, notre mausolée idéal.

— Un mausolée ?

— Au début, je ne savais pas ce que je faisais. J'empilais des coraux et des coquillages, voilà tout. C'était mon passe-temps. Puis son but m'est apparu de plus en plus clairement, de plus en plus douloureusement. Et puis les gosses s'y sont mis, alors que je n'avais rien demandé, et…

D'un seul coup, la femme changea d'attitude. Ses yeux noirs se durcirent, toute candeur quitta ses traits, et même ses cheveux lisses et bien coiffés se redressèrent un peu sur son crâne. Cela ne la rendait pas menaçante pour autant, mais, simplement, elle prenait plus de place. Il y avait aussi une couleur nouvelle dans sa voix. Une couleur d'autorité.

— Vous allez venir avec nous, monsieur Caballo. Avec moi, avec les enfants.

— Je souhaite seulement rester là et m'éteindre paisiblement, dans l'un des derniers paradis terrestres.

— Ne soyez pas ridicule, qui va veiller sur ces enfants ?

— Et si je vous suis, qui va veiller sur le mausolée idéal ?

Dans l'arche naturelle emplie de lumière crue, un des gosses surgit.

— Les étoiles !

Malgré l'épuisement, Aureliano repéra un infime tressaillement chez la négociatrice. Mais une deuxième enfant bondissait déjà au côté du premier, suivi d'une troisième.

— Allez Aureliano, venez !

— Vous n'avez pas le choix.

— Ouais, vous savez qu'on est capables.

Ce fut au tour d'Aureliano de tressaillir. Et de se laisser attraper par les mains, les manches, les pans de la veste et les plis du jean, jusqu'à l'avion qui devait le séparer de toute sa vie. L'adieu fut aussi déchirant que l'est le baiser d'un engin volant quittant la terre ferme, c'est-à-dire étrangement lourd et léger.

LE PALAIS IMPARFAIT

La journée avait commencé de la plus étrange manière. Une femme l'avait interpellé alors qu'il essayait de déchiffrer un genre de plaque commémorative fraîchement posée. Elle l'avait pris par le bras, emmené dans une échoppe, l'avait assis devant divers instruments pour finalement lui poser une paire de lunettes sur le nez. Maintenant, Aureliano voyait. Et il n'en croyait pas ses yeux.

Cela faisait une éternité qu'il n'avait pas mis les pieds dans une ville, une vraie. Trente-huit ans il avait vécu au village, c'est-à-dire la moitié de sa vie. Prendre la mesure de cette période lui rappela une nouvelle fois son issue fatale. Entièrement isolés dans leur éden, ils s'étaient tous faits à l'idée que la Terre qui les entourait n'était que sauvagerie de la nature, et ils avaient arrêté d'imaginer qu'une vie humaine pouvait exister ailleurs. Même Aureliano, qui accédait parfois au réseau et lisait donc les nouvelles, surréelles, de ce monde qui n'était pas le sien. Mais le fait était là. Il y avait tous ces gens, ces trottoirs propres, ces maisons coquettes, entourées de terres si riches !

« Il n'y a pas si longtemps, ici c'était la toundra », avait affirmé quelqu'un qui avait l'air de savoir ce qu'il disait. Aureliano avait hoché gravement la tête et répété : « la toundra ». Il n'avait pas osé demander ce que c'était. Il y avait ici trop de choses nouvelles, oubliées, ou au contraire étonnamment familières. Quand il s'était étonné d'entendre des notes de musique colombienne s'échapper d'une fenêtre, on lui avait rétorqué que « pour chaque musique, il y aura toujours une oreille ». Il y avait même des serres remplies de plantes tropicales, comme chez lui. « Alimentées en chaleur via les ateliers de production et les data centers », lui avait précisé quelqu'un d'autre. « Pour les cuisines, ça passe par la méthanisation des déchets du quartier », avait-elle cru bon d'ajouter.

En parlant de cuisine, on leur avait donné de la nourriture, à lui et aux enfants, sans rien leur demander en échange. En réalisant qu'ils ne parlaient pas la langue, certains avaient même baragouiné un bout de castillan. Comment connaissaient-ils le castillan ? Au bout d'un temps, Aureliano avait dû se rendre à l'évidence que tout le monde le parlait, en même temps que d'autres langues, dans une espèce de soupe que tous semblaient comprendre. « C'est ça, l'uni ! », lui avait-on dit, et il l'intégrerait très vite quand il saisirait qu'il s'agissait d'employer les termes les plus communément admis, et qu'en connaissant trois mots pour un même concept on finissait toujours par se faire comprendre de quelqu'un d'à peu près n'importe quelle couleur. Et pourtant, il y en avait, des couleurs ! « Bien sûr, c'est le résultat des exodes. »

Tant d'évidences qui n'en étaient pas pour Aureliano. De surprise en surprise, il décida de ne plus s'attendre à rien, et il arriva dans un endroit qu'on lui présenta comme le « trocadero » – encore du castillan ! Un vieil Espagnol de naissance, José, l'avait pris en amitié ou en pitié, et lui expliqua le fonctionnement de la chose.

— C'est ici qu'ont lieu les principaux échanges marchands. La monnaie, ce sont les heures, la quantité de travail fourni, sans distinction de tâches. Bon, bien sûr, c'est en sus du dividende universel, mais laisse tomber ça pour l'instant. Dans la semaine, disons que tu as travaillé quatre heures aux champs, quatre au recyclage, quatre autres en cuisine ou à l'infirmerie. Quand tu arrives au trocadéro, ce temps travaillé correspond à un ratio qui te permet d'acquérir des biens.

— Une heure travaillée, c'est une heure travaillée ! avait renchéri une femme qui prêtait une oreille curieuse à la discussion, tout en déchargeant des marchandises sur la place. Même quand on tire au flanc, n'est-ce pas Marius ?

— Marius n'a pas encore compris que travailler ou faire semblant de travailler, ça demande à peu près autant d'énergie.

Ledit Marius s'était rembruni, mais il avait quand même saisi une caisse pour la descendre d'une remorque. Cela dit, ce n'était pas ce qui avait retenu l'attention d'Aureliano.

— Paysan, recycleur, cuisinier et infirmier dans la même journée ! C'est absurde, il n'y a pas de spécialités ?

— Si, bien sûr, la spécialité c'est le cœur, le corps. Mais tout le monde a besoin d'un coup de main un jour ou l'autre, en fonction de la saisonnalité, des événements… Quant aux boulots que personne ne veut faire… tout le monde les fait. Nous sommes chacun et chacune partie prenante du tout. Et tout ça s'organise, tu vois, en cercles croisés et concentriques.

— Non, je ne vois pas vraiment.

— Laisse tomber pour l'instant, tu comprendras, à force.

— Moi, je ne me pose qu'une question.

— Oui ?

— Où va donc la merde de tous ces gens !

— Dans les roseaux.

— Quoi ?

— Écoute, je ne sais pas exactement comment ça marche. Tu vois les bassins, là-bas, il y a toutes ces combinaisons de plantes qui filtrent et qui rendent l'eau pure. Ce n'est pas de la magie, mais pas loin.

Non, décidément, Aureliano ne comprenait pas grand-chose. En à peine douze heures, il avait traversé la planète, et sa vie avait changé du tout au tout. Ç'avait été si simple. Là où il avait vu des montagnes infranchissables, il n'y avait eu en réalité que des cailloux, qu'il avait suffi de survoler dans un petit aéronef. C'était consternant.

Aureliano était absorbé par une curieuse partie de football aux règles décidément cavalières – l'un des joueurs venait de tacler un adversaire par-derrière, sans recevoir la moindre semonce, quand José désigna un cortège d'hommes et de femmes qui venait d'apparaître dans une allée. Ils escortaient une sorte de semi-remorque propulsé sans tracteur, et recouvert d'une montagne de ferraille et de tourets. Aureliano plissa des yeux.

— Je n'avais jamais vu un tel véhicule…

— Porte charge autonome.

— Oui, mais regarde, il lévite !

— Ça non plus, je ne sais pas comment ça marche. Les gens de l'atelier se feront un plaisir de te l'expliquer. L'équipe que tu vois là, ce sont des dénicheurs qui reviennent d'une expédition de minage urbain.

— Nous aussi, on allait dans les anciennes mégapoles pour récupérer des ressources. Beaucoup plus simple d'aller désosser escalators, conduites et barres d'escalier que de s'emmerder à creuser des montagnes, hein ?

Aureliano cherchait à plaisanter, mais il avait eu un pincement au cœur au moment de prononcer ce « nous » peuplé de fantômes. En scrutant la foule en quête de têtes sympathiques, il se demanda s'il allait pouvoir s'y trouver des amis.

La procession de métal, harcelée par des essaims de mômes, s'était arrêtée devant la porte d'un hangar. L'Espagnol s'était approché, comme nombre de badauds.

— Qu'est-ce que vous nous ramenez de beau ?

— Quinze kilomètres de fibre ! Et pas mal de métaux. On a dû négocier avec un autre groupe de dénicheurs sur place, mais ça reste une aubaine, on va avoir besoin d'aide pour tout décharger.

De fait, les bras n'avaient pas attendu l'invitation pour se mettre au travail. Aureliano s'était saisi d'un amas informe de choses diverses, beaucoup plus lourd et désordonné qu'il ne l'avait imaginé, et qui termina à moitié échoué sur ses pieds. Aux regards interloqués qu'il reçut, il ne trouva qu'une réponse :

— Si vous voulez bien d'une heure de vieillard…

— Attends, mais quel âge as-tu ?

— Soixante… Soixante-quinze ans. Je suis né en 23.

— Wow, respect, l'ancien.

— Tu es sûr de vouloir faire ça ?

L'Espagnol dut une nouvelle fois amener une explication.

— Ton aide est la bienvenue, mais tu n'as pas à te forcer. Les enfants comme les anciens, ils sont nourris par la communauté.

— Et quand j'aurai ton âge, mon vieux, je ne me priverai pas !

— Ferrailleur, tu crèveras à soixante piges, comme tout le monde !

— Tant que mes enfants meurent plus vieux que moi !

— N'empêche que l'ancien ne devrait pas être en train de se tuer ici.

— N'écoute pas ceux-là, Aureliano, fais comme tu as envie.

— Dans ce cas… Dans ce cas je vous prends juste ce petit bout, là. Ça ne vous dérange pas ?

— Sers-toi, on n'est pas à un écrou près !

Un écrou, comme la serrure du palais idéal qui n'attendait que d'être construit.

VERS LE MONDE

INUTILE DE PRENDRE RACINE

Esfir gara la mobylette à l'ombre d'un figuier ployant sous les fruits trop mûrs. Le meilleur moyen de retrouver la selle collante de confiture, mais c'était le seul endroit à l'abri du soleil de midi. Elle s'étonna de ce que personne n'eût procédé à cette cueillette providentielle, attrapa une figue et grimaça à la saveur qui venait d'engloutir sa bouche en affolant tous ses récepteurs gustatifs, laissés à l'abandon depuis de nombreuses heures.

D'un côté à l'autre de la route rectiligne, le village était désert, mais on entendait crachoter une radio par le trou d'une fenêtre.

— Ahoy ! héla Esfir à la cantonade.

La seule pensée qu'elle pût flancher et s'écrouler là, sur le bitume défoncé d'une route qui avait autrefois traversé la Roumanie, mais qui ne semblait plus vouloir mener vers nulle part, suffisait à lui procurer assez de terreur pour la maintenir dressée sur ses jambes. Combien de temps pourrait-elle résister encore ? L'espérance de vie moyenne lui donnait dix à quinze ans. Mais la moyenne ne valait pas pour les émissaires, non…

Elle resta un moment à cuire en plein soleil avant que quelqu'un ne glissât la tête entre les rideaux d'une porte.

— Generoso Santini ? Je suis émissaire, quelqu'un m'a demandée ici.

— Troisième maison à droite.

C'était une petite maison basse affublée d'un toit à quatre pans, entourée d'un muret blanc écaillé. Depuis le portillon, une allée de béton éclaté coupait en ligne droite un résidu de jardin à la terre retournée, d'où s'échappaient des mottes d'herbe rase et jaune. L'homme qui lui ouvrit avait sans doute été bien portant, dans le passé. Aujourd'hui, sa peau tombait mollement sur les os de ses épaules et de son visage émaciés.

— Tu ne vas pas tenir longtemps à parcourir le monde en plein cagnard. Assieds-toi.

Ce qu'elle fit sans se faire prier.

— Une crevaison m'a retenue, je n'ai pas pu faire autant de route que j'aurais voulu, ces derniers jours. Je voulais arriver le plus vite possible.

— Je suis désolé, je n'ai qu'un filet d'eau à t'offrir. Il reste aussi un peu de gnôle. Tout le monde a arrêté... Ça console, mais ça dessèche.

Elle resta longtemps à attendre la dernière goutte qui se déposa, tiède, sur le bout de sa langue aride. Une grande et vieille horloge berçait la pièce de son lourd tic-tac. Esfir laissa planer ce silence métronomique. La première question qu'elle posait toujours était certes un peu brutale, mais elle permettait de cerner rapidement l'ampleur du problème.

— Y a-t-il des morts ?

— Pas encore.

Bien, ça facilitait toujours les choses. Et jusqu'ici, les deux versions de l'histoire concordaient.

— J'ai vu Divine Dusabe, dans la soirée d'hier.

— Parce que tu penses que c'est elle qui a raison ?

— Parce que je viens du sud et qu'elle était en premier sur mon trajet.

— Le sud ? Qu'est-ce qu'il y a, là-bas ?

— Plus grand-chose. Quelques irréductibles.

— Mouais.

Il leva le bras pour boire une rasade à son verre vide. Un réflexe tenace.

— Il n'y a pas encore de mort, mais ça chauffe toutes les nuits autour du dernier point d'eau. Ça a sorti les couteaux, il y a trois jours. Nous avons un blessé. L'œuvre de ta « Divine ». La journée, c'est plus calme, personne n'a l'énergie de se bagarrer.

— Vous avez de quoi traiter les blessures ?

— De l'eau oxygénée, oui. C'est de l'eau tout court dont on manque.

— Avant toute chose, allons voir le blessé, veux-tu ?

Une ombre d'homme était allongée dans la pénombre brûlante. Son pansement avait débordé sur son T-shirt, mais les tissus semblaient secs. Esfir souleva les voiles entachés, découvrant la plaie marécageuse, en lutte pour se reconstruire, les rebords à vif, en quête de matériau. Le front ne suait pas, les yeux ne larmoyaient pas. L'homme était endommagé, mais surtout, il avait soif.

— Ils ont une doctoresse, là-bas, chez Divine. Ils n'ont pas daigné nous l'envoyer.

— Que vaut un médecin sans médicament ?

— Je ne sais pas, au moins, le recoudre.

— Qui s'en est chargé ?

— Mélina. Elle coud bien, c'est vrai… mais des vêtements.

L'ouvrage aurait pu être un peu plus serré, mais les humains crient plus fort que les étoffes, ce qui n'avait sans doute pas manqué d'affoler la couturière. Du reste, la blessure paraissait plutôt propre.

— Je vais vous laisser des antibios, au cas où. Je ne suis pas passée au labo depuis dix mois, alors ils sont un peu datés. Mais je crois que ton ami va s'en sortir.

— C'est mon frère.

Esfir ne releva pas l'évidente différence de couleur entre les deux hommes, se contentant d'acquiescer d'un air entendu.

— Que s'est-il passé ?

— Je te l'ai dit, c'est à cause des couteaux !

— Les couteaux seuls ?

— Non, ceux qui les portent, et qui les brandissent pour un rien.

— Tu veux dire que ton frère a reçu un coup de couteau ?

— Non… Ce n'est pas exactement ça… Mais c'est quand même de leur faute ! Ousmane n'aurait pas glissé sur ce tesson si ça n'avait pas dégénéré.

— Qui a dégainé en premier ?

— Est-ce que c'est important ?

— Ce qu'il est important pour moi de comprendre, c'est si tu considères que la responsabilité est la même pour celui qui assène un coup de couteau et pour celui dont la bourrade conduit à un accident.

— Non. Évidemment que ça ne l'est pas.

Ils étaient revenus dans le salon, sous la grande pendule cliquetante, et Esfir se demandait à présent par quel bout attaquer le problème. Le vrai problème. Car les causes de la dispute ne se situaient pas toujours là où l'évidence pointait. L'émissaire avait déjà rassemblé ses indices, mais il était trop tôt pour miser sur des présomptions, aussi s'en tint-elle aux faits.

— Depuis combien de temps votre source d'eau est-elle asséchée ?

— Quatre mois. On attend la saison des pluies. On se languirait presque des inondations.

— Où vous approvisionnez-vous, actuellement ?

— Les cuves de récupération d'eau de pluie sont vides depuis longtemps. Des camions de réapprovisionnement passent de temps en temps, mais on n'en a pas vu depuis un mois. Et puis il y a un puits d'eau boueuse à deux kilomètres d'ici. On la filtre et on la fait bouillir, mais elle reste infecte, et la source est inconstante. C'est là qu'on a surpris des vermines du village de Divine en train d'essayer de nous voler nos réserves.

— Pas de condensateur de rosée ?

— La rosée, ici ? Connaît pas.

— Filets nanoporeux ?

— Est-ce qu'on a l'air d'une expédition scientifique ? Et puis, tu sais que ces gadgets assèchent encore plus l'air. Ils feraient crever les seules ressources en nourriture que nous avons, c'est sûr.

— Vous ne mourrez pas de faim, avec le figuier que vous avez là-dehors.

Generoso attrapa le bout d'un rideau qui pendait le long d'un meuble, révélant d'interminables rangées de pots empilés sur des étagères.

— À en chier des rivières. Et des champignons racornis, à en vomir des lagunes. Si tu as autre chose à nous proposer, on t'en échange volontiers.

— Vous arrivez à faire pousser des champignons ?

— On n'a rien demandé, mais les caves en sont remplies.

— C'est une bonne nouvelle, l'eau n'est pas loin.

— Elle nous nargue. On se tue à creuser des trous, et la seule eau qu'on y trouve, c'est celle de notre sueur.

— Il me semble que le village d'à côté produit d'autres denrées. Vous pourriez engager des échanges bénéfiques à vos deux populations.

— Oui, oui, on faisait des échanges. Mais ça, c'était avant.

— Tu veux bien me parler de ta relation avec Divine ?

— Il n'y a rien à dire.

— Selon son point de vue, c'est vous qui vous êtes approprié la source. Mais selon la loi du commun…

— Il n'y a plus de loi du commun qui prévale, ici. Les derniers conseils ont été dissous il y a déjà plusieurs années. Il n'y a plus qu'eux contre nous.

— Et vous contre eux. Generoso Santini, comment formuler ça… Est-ce que tu te sens plus… légitime que Divine Dusabe, pour jouir des ressources de ce territoire, jadis européen ?

— Qu'est-ce que tu racontes ? Ma parole, tu me prends pour une saloperie de suprémaciste !

— Je m'excuse si je t'ai offensé, mais je me dois de vérifier, d'identifier tous les points de contradiction. Combien êtes-vous, au village ?

— Trente-neuf. Des noirs, des blancs, des beiges, des marrons, mais surtout des maigres.

— Où sont les autres, en ce moment ?

— Je n'en sais rien, ils n'ont pas besoin d'être là.

— Pourquoi ça ?

— Parce que. Parce que…

Grattez délicatement la surface et laissez les émotions, les acteurs, les enjeux se dévoiler. Un conflit n'est jamais simple, surtout lorsqu'il en a l'air.

— Il me semble que cette pénurie d'eau touche tous les habitants, tu ne crois pas ?

Generoso partit à grandes enjambées vers la porte et fit sonner une cloche, trois fois, après quoi il revint s'asseoir à la table.

— Est-ce que tu détestes vraiment Divine ?

— Pas plus qu'un autre. Je sais qu'au fond nous sommes pareils, que nous avons les mêmes besoins. C'est ça, le problème. Nous avons tous les mêmes fichus besoins.

— Quand le point de non-retour a-t-il été franchi ?

— Quand ils ont attaqué le figuier pour trouver sa source d'approvisionnement. C'était il y a environ un mois.

— Qu'est-ce qui aurait pu être fait, à ce moment-là ?

— Laisser ce maudit figuier tranquille ?

Quelques habitants s'étaient glissés sans bruit dans la maison, formant un arc de cercle respectueux autour de la table. L'une d'entre eux, la première, avait osé libérer la parole.

— On aurait pu partager les figues, aussi. Même en conserve, elles contiennent un peu d'eau.

— Ils n'avaient que des aliments secs, et on le savait. Normal qu'ils soient devenus fous.

— On aurait même pu partager un peu de nos réserves. On avait encore un fond de cuve, à l'époque.

— Et surtout, on aurait pu dépenser notre énergie à chercher de l'eau ensemble, au lieu de la gaspiller à se tirer dans les pattes.

— Sur ce point, les habitants du village d'à côté sont d'accord avec vous.

— Mais c'est trop tard.

— Ils nous ont causé trop de tort.

— Nous nous sommes causé trop de tort, mutuellement.

— C'est surtout l'œuvre de Divine.

— Generoso, ne remets pas ça sur la table.

— C'est de sa faute. Si les jeunes étaient restés…

— Ton fils n'a pas aveuglément suivi Mina, et même si c'était le cas, Divine n'y serait pour rien. Il a fait son choix. On a tous eu le choix.

— Oui, et Divine souffre tout autant que toi du départ de sa fille.

— Ils avaient peut-être raison de partir, les jeunes…

— Là-bas, en ville, il paraît que la civilisation se reconstruit.

Esfir fouillait tranquillement dans sa sacoche, laissant la conversation se dérouler d'elle-même. C'était comme ça, le plus souvent, il n'y avait rien à faire. La seule présence de l'émissaire, n'importe quel émissaire, suffisait à délier les langues, à calmer les plus dominateurs, à révéler les véritables enjeux. Esfir n'était que ça : un bâton de parole.

Et puis… Et puis, un petit peu plus que ça, aussi. Constatant que la discussion s'essoufflait, elle sortit de son sac à dos un fin rouleau, qu'elle ouvrit et déploya sur la grande table en bois. L'écran était fissuré de toute part et une large entaille irrégulière le déchirait en son centre, mais quand Esfir l'alluma, on distingua immédiatement l'image qui s'affichait sur l'interface. Des nervures de couleur sillonnaient un bout de carte, semblables aux réseaux racinaires des forêts, à l'arborescence des bronches irriguant les poumons, en bref, à un système d'alimentation vital. Un petit sifflement d'admiration accompagna le soudain éclat de lumière dans la pénombre forcée de l'après-midi. C'était autant destiné à l'outil qu'à ce qu'il contenait.

— Une carte des cours d'eau…

Assortis des dernières nappes phréatiques connues, pour l'heure invisibles sur l'interface. Autant dire, un bien extrêmement précieux. Esfir étudia l'artefact pendant plusieurs minutes, posant des questions sur l'emplacement de tel point de repère, l'historique de tel ruisseau, l'existence de tel ou tel foyer de populations. Avant de rendre son verdict.

— La mauvaise nouvelle, c'est que votre cours d'eau principal n'est pas censé être saisonnier, ce qui veut dire que la source en amont s'assèche. En revanche, la zone regorgeait de ruisseaux, avec une couche aquifère très importante. Il doit en rester quelque chose.

— On a ratissé large sur tout le périmètre autour de la commune, on n'a rien trouvé que des vestiges.

— Vous sauriez m'indiquer les lieux que vous avez déjà prospectés sur la carte ?

— Mieux, on peut te les montrer.

— Nous irons demain, à l'heure tiède.

Il aurait dû y avoir une rivière, ici. Un petit cours d'eau roucoulant dans son lit sablonneux bordé d'arbres, visité à toute heure par toutes sortes de créatures. En lieu et place de quoi s'étalait une immense plateforme de béton, lisse et vide, qui réverbérait la lumière mauve de l'aurore. Dans peu de temps, la chaleur qui s'échapperait du sol serait suffisante pour y faire cuire un œuf.

Esfir se hissa sur la base. Une fosse de cinq mètres de large serpentait au centre, figurant le tracé d'une rivière idéale, peut-être celle qui coulait là jadis. Au fond, poussière et déchets amoncelés.

— Et tout ça, dans quel but ?

— Un centre commercial. Ils avaient prévu d'appeler ça « Ôde à l'Onde ».

— Boutiques, restaurants pour tous les goûts, et même une vague artificielle pour les surfeurs de campagne, tout cela à moins d'une heure de route de Bucarest !

— On a trouvé le panneau explicatif du chantier en fouillant les alentours. Le projet a démarré dans les années vingt. Visiblement, il a vite été interrompu.

En dehors de cette étendue exténuante, il n'y avait rien que des amas de terre, coagulée et affaissée depuis longtemps par les successions de précipitations et de sécheresses. Au-delà du chantier, à l'est, un plat infini laissait deviner le quadrillage de ce qui avait été le grenier à blé de l'Europe. À l'ouest, les vestiges d'un corridor vert, dans lequel ne se dressaient plus que des ossatures décharnées.

Pourtant, sur l'un des flancs de l'aberrant gros œuvre, trois arbres s'extirpaient de la chape, pas de l'envergure la plus noble, mais aux feuilles trop tendres pour être assoiffées. En s'approchant, Esfir nota que le sol était sec et craquelé. Cette vie manifeste était bien sortie de quelque part. Quand l'émissaire releva les yeux sur le feuillage, elle ne put retenir un ricanement.

— Quelle ironie… On dirait que le paysagiste qui a planté ces arbres ici savait exactement ce qui les attendait. C'est le type de flore qui poussait dans les lits de rivières des écosystèmes sahariens, rien à voir avec le climat qu'on trouvait ici à l'époque de ce projet immobilier.

— En tout cas, crois-le ou non, on a essayé de creuser tout autour et on n'a pas trouvé une seule goutte d'eau !

— Cela ne m'étonne pas. Vous avez déjà entendu parler de l'arbre du Ténéré ?

— Non ?

— Il y avait un arbre, au milieu du désert, dans ce qui était autrefois le Niger. C'était un *Acacia raddiana*, un cousin proche de l'essence que vous voyez là. On disait de lui qu'il était l'arbre le plus isolé de la terre, et il servit durant des siècles de point de repère aux caravanes, puis aux convois militaires. Il fut même le seul arbre au monde à être ajouté sur les cartes de grande échelle. Au cours du XXe siècle, on fora un puits à ses côtés, pour découvrir que ses racines plongeaient jusqu'à trente mètres en dessous, directement dans la nappe phréatique.

— Ça va, on voit où tu veux en venir. Ce n'était même pas la peine d'essayer.

— Il vaut mieux chercher une autre piste, en effet. J'ai l'intuition que le compartiment sous-fluvial subsiste encore, en dessous, mais…

— Avec quoi pourrions-nous casser une telle épaisseur de béton ?

— Une masse, un burin, et beaucoup de patience ?

— Il est préférable de ne rien toucher. Une tentative de subsistance, sinon de reconquête, est à l'œuvre. La moindre déstabilisation pourrait anéantir tous ces efforts sans nous assurer une quelconque réussite.

— Très bien, laissons les arbres en paix, et les humains mourir.

Pas seulement les arbres, mais tout un tas de bestioles aux noms et aux allures bizarroïdes qui se faisaient une fête de leur habitat souterrain. Elle se garda de contrarier une nouvelle fois ses interlocuteurs, qui semblaient hermétiques aux joies prolifiques des sous-sols. Ils étaient plutôt à point pour une autre suggestion.

— Avez-vous réenvisagé l'exode ?

— Partir ? C'est encore la guerre !

— Plus tant que ça.

— Et pour aller où ?

— Au nord-est, il y a des terres fertiles. Assez pour accueillir une commune comme la vôtre.

— Comment survivrions-nous au voyage ?

— Sans moyen de locomotion, c'est un long exode, et difficile, mais le chemin est usité. Il suit une ancienne autoroute, impossible de se perdre, et de courageuses équipes tiennent bon à l'arrière-garde pour approvisionner les voyageurs. Les points d'étape sont encore bien disséminés sur la route, je pourrai vous les indiquer.

— Sans eau, avec les malades et les vieillards, nous ne parcourrons pas cent mètres.

— En combinant vos ressources avec celles du village d'à côté, vous auriez une caravane solide.

— Comme si Divine allait accepter un tel marché !

— Parlez-en avec elle, vous pourriez être étonnés, qui sait ? Vous êtes moins ennemis de vos voisins qu'esclaves de votre soif. Vous l'avez oublié, mais il y a d'autres besoins élémentaires que celui d'alimenter son corps. Ne vous interdisez pas de parler de départ sous prétexte que vous avez décidé de rester il y a deux ans de cela. Vous savez comme les environnements changent, et surtout se dégradent vite. Nous sommes loin d'en avoir terminé.

L'exode. Esfir avait beau passer du temps à chercher toutes les solutions envisageables sur place, c'était toujours sa deuxième proposition. L'émissaire aurait voulu offrir autre chose, mais il fallait se rendre à l'évidence : cela restait, encore et toujours, la meilleure réponse. Pourquoi s'obstiner à rester quand tout périclitait ? Pourquoi ne pas chercher un lieu plus sûr, plus propice ? Quand les arbres s'enracinaient sur des terres infertiles, ils n'avaient pas d'autre choix que de se soumettre ou de périr, mais les humains, eux, étaient dotés de jambes.

Immanquablement, d'ici quelques jours ou quelques semaines, un petit nombre d'habitants prendrait cette voie, déchirant des familles, brisant des amitiés. Dans un sens comme dans l'autre, le choix de la survie n'était jamais simple.

— Dis, Esfir…

— Oui ?

— Tu sais ce qu'il est devenu, cet arbre du Ténéré ?

— Il s'est fait renverser par un camion, un jour de 1973.

Les trois pistes suivantes n'apportèrent pas plus d'espérance, et le soleil commençait à taper dur sur les têtes. Mais de l'eau avait coulé là, c'était évident. Le substrat qui seul subsistait racontait l'histoire d'un temps d'abondance. Aujourd'hui, on aurait aussi bien pu se trouver sur Mars. Tout en suivant du bout des doigts, avec admiration, le tracé du sillon laissé par l'eau dans la terre, Esfir songeait aux ambitions qu'avaient un jour eues les humains pour la planète rouge. Comment avait-on pu envisager de terraformer un monde lointain et glacial, alors qu'on ne s'était montrés capables que de déterraformer le seul qu'on avait ?

Perchée dans le clocher délabré d'une église, le front réfugié dans le creux du coude, elle scruta les alentours à l'aide de jumelles. Les seules traces de pas qu'elle put discerner étaient laissées par des semelles. Pas une touffe de poils, pas un buisson, pas un essaim voltigeant mollement au ras du sol, pas un signe de vie. Inutile de creuser des trous au hasard, mieux valait s'en remettre à la technologie.

Esfir sortit de son sac le scanner de poche à technos combinées, qui refusa de s'allumer. Réprimant l'exaspération, elle leva le bras bien haut pour présenter l'appareil au soleil, l'agita doucement du bout des doigts. En vérité, ça n'avait aucun effet, mais une étrange croyance populaire avait réussi à rendre le geste machinal. Après plusieurs tentatives infructueuses, le scanner finit par s'activer, et, d'un large geste dirigé vers le sol, Esfir lui fit faire le tour du propriétaire. Il émit un champ magnétique perturbateur, entendit la réponse des protons, détecta le nombre d'isotopes radioactifs occupant l'endroit, écouta les caprices de la roche et l'histoire inscrite dans ses circonvolutions.

Alors Esfir discerna l'âge et les mouvements de l'eau, la profondeur de ses bras, la provenance de ses courants qui remontaient vers le nord, et ses ramifications qui descendaient jusqu'au bout de la plaine, où on voyait aisément trembloter les ondulations bleues d'une oasis. Elle cligna des yeux pour faire disparaître l'illusion. La dernière fois qu'elle était passée par là-bas, juste après l'horizon, il y avait un village, peut-être une trentaine d'âmes. Puiser l'eau ici, c'était beaucoup d'effort pour priver l'aval d'une source facile.

Les lèvres d'Esfir s'étaient scellées, ses membres raidis. Son cœur venait d'entamer la danse du bond profond et lourd, celle des décisions douloureuses. D'un clic, elle éteignit le scanner. Les habitants scrutaient l'appareil, une lueur sombre dans l'œil.

— On ne t'a jamais attaquée pour la récupérer, cette baguette magique ?

— L'idée te traverse l'esprit comme elle traverse tous les autres… Et pourtant, non, on ne m'a jamais attaquée. Tu sais pourquoi ?

— Parce qu'entre tes mains elle peut fournir à boire à des dizaines de familles.

Esfir glissa l'instrument dans sa sacoche, chercha le regard de la femme qui avait parlé.

— Pas aujourd'hui, je suis navrée.

Un picot froid lui pinça la joue. Elle se demanda d'abord, avec surprise, si un sanglot avait pu lui échapper. Après avoir brièvement levé la tête vers le ciel, elle laissa détaler un soupir de soulagement.

Depuis plusieurs heures elle n'avait cessé de surveiller, du coin de l'œil, les nuages s'amonceler là-haut comme autrefois les voitures sur les grands axes routiers. Au fil de la matinée, les nuées s'étaient minutieusement élancées, verticales, en colonnes annonciatrices. Esfir n'avait osé les regarder en face ni prononcer une prophétie trop précoce. Mais des rideaux de pluie serrés tombaient désormais au fond de la plaine, se rapprochant à vue d'œil depuis la ligne de la colline voisine, soulevant sur leur passage des nuées de poussière, vite rabrouées.

Paumes tournées vers les précieuses gouttes, les habitants laissèrent éclater un rire aussi salvateur que le tonnerre, s'empressèrent d'ouvrir grand la gueule au firmament, et de détacher les gourdes à leurs ceintures pour les offrir à l'averse qui se faisait de plus en plus déluge. Esfir, elle, n'avait plus besoin de dissimuler ses larmes.

— Après le temps des sécheresses vient celui, bénit et maudit, des inondations.

— Trinquons à notre bonne étoile, Esfir !

Dehors, l'aube envoyait ses premiers signaux. Encore une de gagnée. Le monde se fondait en grisaille et silence. Le sol assoiffé durant des mois était déjà sec de la veille, mais un orage se préparait dans le lointain, nourri d'évaporations tièdes qui embuaient jusqu'au cœur.

— Alors comme ça, tu pars ! On ne fait même pas une petite réunion tous ensemble, avec Divine ? Une poignée de main, un engagement oral, quelque chose ?

— Je reste toujours autant de temps qu'il est nécessaire, mais je crois que mon travail ici est terminé. Les idées que nous avons évoquées ensemble se réaliseront d'elles-mêmes si leur temps est venu. Je ne suis pas là pour distribuer carottes et coups de bâton. C'est à vous de voir où se situe votre intérêt.

C'était de l'esbroufe en même temps qu'une intuition profonde, et si le doute la tiraillait, la minute qui suivit lui donna raison. Dans l'horizon dilué de poussière, on vit s'approcher trois silhouettes. L'une d'elles salua d'un geste de la main. Divine.

Querelles de voisinage, espoir disséminé et pluie providentielle. Ç'avait été une étape facile. Esfir avala quelques figues confites, au goût trop sucré, fit ses adieux et regagna sa mobylette. À l'instant où elle enjamba la selle, une douleur insidieuse se glissa entre ses reins. C'était la mémoire indélébile de la route. Celle parcourue et celle à venir.

Retranscription de conversation, 28 septembre 2098
Jiti Ouest – ex-Europe orientale (ex-Roumanie)
Divine Dusabe

— Divine, merci d'avoir accepté de répondre à mes questions. Comme je te l'ai déjà dit, cet entretien n'est en aucun cas un interrogatoire. À n'importe quel moment, si l'une de mes questions te cause de l'inconfort, sens-toi libre de ne pas y répondre.

— Oui, oui, très bien ! Allons-y, j'ai passé l'âge de m'encombrer de sentiments tels que l'inconfort.

— Parle-moi un peu de toi. Tu es du cru ?

— Oh, non, pas du tout.

— Apatride ?

— Non, mais je n'ai connu que l'exode.

— Où es-tu née ?

— RDC.

— République… démocratique du Congo ? Vraiment ? Quel âge as-tu ?

— Quel âge me donnes-tu ?

— C'est… difficile à dire.

— Pardon, je ne voulais pas te mettre mal à l'aise. J'ai quarante-deux ans. Tu me donnes vingt ans de plus, je ne me vexe pas. Mon corps en a pris un sacré coup. Je suis née déjà à moitié irradiée, tu sais ? Mes parents vivaient près d'une mine de coltan. Mon père y travaillait, et tous mes frères dès l'âge de dix ans. Pour alimenter, tu sais, les appareils… Mais tout le monde fait plus vieux que son âge, de nos jours, n'est-ce pas ? Même les enfants. Pas le choix, il faut grandir vite. Dans une époque pareille, on n'aurait que faire des bébés du début du siècle.

— En réalité, ce n'est pas ton apparence qui me choque. J'essaie de faire correspondre les années, et…

— Oui, il y a vraiment des gens qui sont nés en Afrique après le premier exode ! Même si beaucoup étaient déjà partis. Cela paraît évident, avec le recul, mais à l'époque on ne savait pas que le continent entier était condamné.

— Ce n'est pas ce que je voulais dire. Il y a aujourd'hui encore de larges bandes habitables dans le centre et le sud de l'Afrique.

— Pas assez pour contenir l'explosion démographique du siècle. Et puis, tout était pillé, ravagé depuis si longtemps… C'est la guerre, pas le climat, qui nous a fait partir. D'abord, mes parents ont essayé d'aller en Afrique du Sud. Plus proche, physiquement et mentalement. Il fallait traverser davantage de pays dévastés par les conflits, certes, mais ce n'était pas le désert, ce n'était pas l'océan. Le problème, avec l'Afrique du Sud, c'est que c'était non seulement trop petit pour accueillir tous les réfugiés, mais que ça s'est encore rapetissé.

— Il y avait l'Antarctique. L'accord des Grands Territoires avait-il déjà été signé ?

— Non, c'était un peu avant. 2069, 2070 ? J'avais treize ou quatorze ans. Mais l'établissement des Jitis, puisque tu en parles, a eu pour effet d'exacerber le sentiment de rejet, donc la violence. À ce stade on ne savait plus très bien qui étaient les « défenseurs » de l'Antarctique, mais ils étaient équipés et ils ne laissaient passer personne. L'océan s'est vite transformé en cimetière. Une vraie Méditerranée ! Mais sans l'espoir d'une île.

— Avez-vous tenté la traversée ?

— Peu avant notre départ, un matin où il glanait de la nourriture sur la côte, mon père a fait une sale découverte. Nous, les enfants, on n'a jamais su les détails, mais on a appris que notre passeur était de mèche avec les défenseurs. Il n'essayait même pas d'amener les embarcations en Antarctique, mais les déposait dans une crique où tous les passagers étaient débarqués, fusillés à vue et laissés à pourrir sur place, sur la plage. Je ne sais pas vraiment comment mes parents ont négocié leur affaire, mais, après plusieurs semaines de marche supplémentaires, on est finalement montés à bord d'un rafiot en direction des Grands Territoires du Nord… Qui ne se portaient guère mieux, mais le sud de l'Europe déserté laissait beaucoup d'opportunités de passage. Ça aurait pu aller pour le mieux… Ça aurait dû. Mais je n'ai pas trop envie de te raconter la suite. Pas maintenant. Ça ne te dérange pas ?

— Je te l'ai dit, je suis là pour recueillir ton témoignage, mais pas pour te faire souffrir. Alors dis-moi plutôt, qu'est-ce qui t'attache ici, à ce village ?

— Quand on est arrivés, il y a dix ans, c'était beaucoup plus vivable. Sec, mais avec des îlots de verdure, de l'eau. Ma fille… Mina, la dernière survivante d'une fratrie de six… ma fille, elle aussi, n'avait connu que l'exode. On entrevoyait un peu de repos. Dis-toi tout de même qu'ici, il n'y a pas si longtemps, on s'échauffait encore pour déterminer qui du cultivateur ou de l'éleveur avait le droit à l'herbe ingrate. Et aujourd'hui, les seules bêtes assoiffées, c'est nous. Mais j'ai passé tout le reste de ma vie à fuir un ennemi imbattable. Alors ça me va bien de mourir ici, cramée par le soleil. Toi comme moi, nous appartenons déjà à l'ancien monde. Un nouveau siècle est là qui attend. Les jeunes, eux, ils ont encore de l'énergie, alors il faut qu'ils partent.

— C'est ce qu'a fait ta fille ?

— Oui. Avec d'autres, il y a un an de ça. Ce vieux Santini la tient responsable du départ de son fils ! Et moi avec.

— Generoso Santini ? C'est lui qui a fait appel à moi.

— Vraiment ? Alors ça, ça m'épate !

— Pourquoi ?

— Pas du genre à faire le premier pas.

— Vous ne vous entendez pas bien ?

— Ça allait à peu près, tant qu'il y avait de l'eau. On est tous à cran.

— C'est pour ça que je suis là. J'espère arriver à vous aider.

— Vous, les émissaires, vous êtes vraiment de drôles de créatures ! Utiles, ça, je ne dis pas, mais bizarres.

— Ah oui ?

— Ne le prends pas mal, mais qui sont ces hurluberlus qui veulent à tout prix faire la paix, résoudre tous les maux de la

Terre, réparer les pots cassés en mille morceaux ? Nous, les humains, on est une espèce damnée et condamnée, abandonnée de tous les dieux. On a montré de quoi on était capables, on a montré qu'on ne valait rien, et qu'on méritait tout l'enfer qui nous consume.

— Et moi, je crois qu'il n'est jamais trop tard pour essayer de faire quelque chose de bien, même si ce doit être la dernière chose avant la fin de notre espèce. Si on pouvait au moins avoir le sentiment du repentir, sur notre lit de mort… Mais en attendant ce jour, essayons de vous trouver de l'eau, d'accord ?

LE JOUR DE L'AGNEAU

Au milieu de la voie, la mobylette, au rétroviseur de laquelle était juché un foulard blanc voletant au vent, servait de signal de détresse. Cela faisait maintenant huit heures qu'Esfir attendait allongée à l'ombre d'un buisson ratiboisé. Ou plutôt, c'était le temps qui l'attendait, elle, de plus en plus faible, de plus en plus desséchée. Son ventre criait famine aussi, mais elle s'interdisait de manger pour éviter d'épuiser ses dernières réserves d'énergie dans la digestion. Au moins les vautours n'avaient-ils pas encore fait leur apparition dans le jour déclinant.

Il ne fallait pas se mentir : les chances de mourir ici existaient. Mais les chances de s'en sortir étaient plus grandes. Elle le savait, car elle avait déjà vécu cette situation… une bonne vingtaine de fois. Et tandis qu'elle les recomptait sur ses doigts, elle se rassurait en puisant à la chaleur humaine issue de cinquante ans de souvenirs. Tous ces moments où l'espoir avait surgi dans la dernière extrémité de la détresse, sous la forme d'un visage, d'une main tendue, d'une pétarade de moteur. Quelqu'un finissait toujours par passer, et quelqu'un ne laissait jamais une sœur mourir sur le bord de la route. Pas vrai ?

Le soulagement vint avec les premières stridulations des grillons, alors que quelques étoiles précoces se dévoilaient dans le soir brillant. Son sauveur était un grand gamin, tout déformé par la puberté, à cheval sur un VTT rapiécé. Traits consternés par-dessus son guidon, il l'observait qui était là, gisante, le visage réfugié dans le coude.

— Tu es malade ! Pourquoi est-ce que tu ne voyages pas à vélo ? Pas de carburant, pas de systèmes tarabiscotés : c'est la fiabilité faite objet.

— J'ai essayé, une fois. Le temps de rejoindre le village suivant, le pire était déjà arrivé, je n'ai rien pu faire pour apaiser la rage qui s'était emparée des habitants…

— Ah, tu es émissaire, c'est ça ?

— Bien vu. C'est comme ça que les gens m'appellent.

— Bon, on va pousser ton engin. Il y a plusieurs techos, à la commune, ils pourront peut-être faire quelque chose. Tu n'étais pas en train de venir chez nous, dis ?

— Non, ne t'inquiète pas, je ne vais nulle part. Je veux dire, je vais vers le nord, mais pas pour résoudre des disputes. Je reçois de moins en moins d'appels à l'aide.

— C'est plutôt bon signe, non ? Ça veut dire que vous avez bien fait votre boulot, vous les émissaires. C'est quoi, la phrase, déjà ? « Qu'un million d'entre nous essaiment… »

— « … pour qu'un milliard de plus apprennent. » Comme tu vois, je n'essaime pas grand-chose, présentement. Et je crois même que dans les prochaines minutes j'aurai plus à apprendre de toi que l'inverse.

— Tu dis que les gens t'appellent comme ça, « émissaire », mais toi, tu n'as pas l'impression d'en être une ?

— Cette occupation est venue à moi petit à petit, à mesure que je voyageais. Mais c'est vrai qu'aujourd'hui, aller de commune en commune, aider les gens à mieux s'entendre et à mieux s'en sortir, c'est devenu une évidence, un impératif auquel je ne peux pas me soustraire.

— Ça ressemble à la définition d'une mission, pour moi.

— Dans ce cas, appelle-moi émissaire, et j'en serai flattée.

— Ça fait combien de temps que tu es là ?

— Depuis le milieu de la matinée.

— Oh, merde… Si je n'étais pas passé…

— J'aurais attendu la nuit pour me déplacer, en priant pour tomber rapidement sur un foyer de vie. La nuit, c'est plus facile pour repérer les activités humaines aux alentours.

— Ouais, je vois, *Lumières et fumées*.

C'était surprenant d'entendre dans la bouche du garçon le titre de cette œuvre écrite cinquante ans auparavant par ce qui était peut-être le tout premier émissaire. Une référence pour toute la profession et, au-delà, pour toute une génération d'exilés.

— Tu vas m'aider à me relever ?

— Ah oui, pardon !

Esfir attrapa la main tendue et se laissa happer dans le monde des vivants par cette force en construction, si loin de réaliser toute sa puissance, et qui gaspillait tant en énergie, en beauté, en jeunesse. Quel ravissement, de voir un corps si bien façonné pour ce monde hostile.

— Quoi, qu'est-ce qu'il y a, pourquoi est-ce que tu souris comme ça ?

— Merci de me secourir.

— Pas bien le choix, j'allais pas te laisser mourir là, non ?

— On est loin ?

— Deux heures, deux heures trente. Ça dépend de ton allure.

— J'ai soif.

— Moi aussi. On boira en arrivant.

Elle sortit sa dernière ration d'eau, en but la moitié et lui tendit le reste.

— Non, non, moi, je n'ai pas passé la journée à me racornir sur le bas-côté.

— Tu as encore un peu de salive pour discuter ?

— Comme tu veux. Comment tu t'appelles ?

— Esfir.

— Moi, c'est Tarik.

— Ça ne te dérange pas que j'enregistre notre conversation ?

— Alors toi, tu es vraiment, vraiment bizarre.

On n'était pas encore au nord, mais on aurait pu se croire à l'abri. C'était un havre de végétation et de fraîcheur, grâce à la rivière bien abritée entre deux flancs escarpés. Les maisons se nichaient tout le long, étroites, solidaires, à l'ombre des murs naturels. Des rangées d'arbres touffues, acacias, peupliers, frênes, faisaient brise-vent. Aux encolures, où la rive s'évasait, les cultures de chanvre fournissaient graines, huile, paillage, fibres. Le blé et l'orge étaient mûrs à point. Des brebis paissaient paisiblement sur les coteaux plus maigres, des potagers désordonnés bordaient les chemins. Pour citer Tarik, c'était tout simplement « l'endroit le plus cool de tout le Jiti ! »

Cependant la menace planait, à quelques centaines de kilomètres seulement. L'inquiétude venait du delta, par lequel la sécheresse et le sel du désert Noir, qui avait autrefois été mer, s'infiltraient toujours plus loin dans les terres, souillant ce qui avait été une grande étendue fertile abreuvée par les bras du fleuve. À l'heure qu'il était, mieux valait faire une croix dessus. Comment expliquer ça aux nombreux foyers de population qui occupaient les rives du Dniepr, alors qu'ils avaient trouvé là un point d'ancrage après des mois ou des années d'errance ? Esfir devait choisir ses mots pour ne pas ronger les patiences déjà bien émoussées par l'aridité rampante.

Ici, toutefois, dans la soirée verdoyante, les habitants se disputaient pour un tout autre motif, plus palpable : qui allait éplucher les patates ? Après moult chamailleries, tous finirent par coopérer de bon cœur pour venir plus vite à bout de la tâche qui, à force de parlementer, avait pris du retard. Bref, c'était loin d'être un conflit. La présence d'Esfir était superflue, mais elle offrit ses dernières figues, ce qui lui valut quelques acclamations.

Son arrivée avait fait forte impression. Le village tenait les émissaires en haute estime. Quelques années auparavant, l'un d'entre eux y avait résolu un grave contentieux. Dès que la présence d'Esfir avait été annoncée, de tout petits enfants s'étaient rués sur elle en glapissant à qui mieux mieux. Esfir n'aimait pas cette manière de sacraliser les émissaires dans la tête des plus jeunes. Cela donnerait immanquablement des gens peu doués de raison et prêts à gober toutes sortes d'inepties, pour peu qu'elles sortent de la bouche d'un émissaire. Elle ne manquerait pas de le faire remarquer dès qu'elle en aurait l'occasion.

Des adultes, elle avait reçu des saluts amicaux. Une mécanicienne lui avait offert de réparer sa mobylette et de rétablir ses performances, autant que faire se pouvait, ce qui forçait Esfir à rester une journée de plus. La pause était bienvenue, après quatre mois à arpenter le territoire. Sans regard pour les quantités, on l'avait nourrie, abreuvée d'eau et d'histoires. Et on lui présentait maintenant un matelas dans une petite chambre coquette, qui disposait même de volets. Le genre d'endroit qu'elle n'avait pas fréquenté depuis des semaines. Restaurée, Esfir s'endormit au chant réconfortant d'un coq insomniaque.

Le lendemain, alors qu'elle discutait de l'état de son cyclomoteur avec les mécaniciens, des éclats de voix, coléreux et enfantins, leur parvinrent de l'extérieur. Quelques instants plus tard, Tarik parut à la porte de l'atelier, les joues échauffées d'avoir couru, contenant mal son excitation.

— Esfir ! Il y a une bagarre !

— Est-ce une raison de se réjouir ?

— Ce n'est pas ça… Il faut que tu viennes. Il faut que tu m'expliques comment on résout tout.

Un sourire au coin des lèvres, Esfir suivit Tarik jusqu'au lieu de la dispute. Dès la sortie de l'atelier, ils avaient été rejoints par d'autres enfants de tous âges. Tant d'enthousiasme faisait chaud au cœur, et l'émissaire n'oublia pas de se répéter que la ligne entre éducation et endoctrinement était très fine.

— C'est Carma qui a commencé !

— Elle a pris le livre de Rafi, et elle a déchiré les pages !

— Mais Rafi avait traité ses parents de « sauvageons ». Et puis il lui a tiré les cheveux.

— Ouais, pour un intello, il est brutal. Il a même arraché des boutons de ma chemise.

— T'es un sauvageon de la forêt comme nous tous, Rafi !

Sous les assauts répétés, Rafi s'était recroquevillé. La bouche plissée, le cœur gonflé de larmes, il finit par exploser dans un sanglot sonore :

— Arrêtez ! En plus c'était même pas mon idée ! C'était Tarik.

Rougissant tout d'un bloc, Tarik s'interposa entre les deux enfants.

— Attendez ! Attendez ! Pas la peine de vous disputer. Rafi, Carma, vous êtes amis, non ?

— Ça dépend.

— Je veux dire, vous n'êtes pas d'accord sur tout, mais vous pouvez vous tolérer, et même vous apprécier, parfois ?

— Pas quand elle déchire les pages de mon livre !

— Pas quand il me tire les cheveux !

— Allez, faites la paix…

— Pourquoi, parce que c'est toi qui l'as dit ?

— Non, parce que…

— Parce qu'on peut faire semblant de faire la paix si tu veux, ça changera rien !

Tarik tourna vers Esfir des yeux implorants. L'émissaire haussa les épaules avec un sourire compatissant.

— L'autorité peut contenir le problème, en masquer les effets, mais, dans le fond, est-ce qu'elle ne fait pas que l'étouffer jusqu'à la prochaine bagarre ?

— Bon… Attendez. Le livre des émissaires dit que dans le processus de paix il faut d'abord reconnaître les torts… Carma, Rafi, vous vous êtes fait du mal tous les deux. Vous êtes d'accord là-dessus, au moins ?

— Oui, et après ?

— Ben, après, le livre dit qu'il faut construire un projet commun.

— Ça fait un joli raccourci, mais c'est à peu près ça.

— Pourquoi est-ce que j'aurais envie de construire un « projet commun » avec Carma ?

— Et puis quoi, comme projet, par exemple ?

De nouveau, Tarik se tourna vers Esfir, mais cette fois elle ne répondit pas à son appel à l'aide.

— Heu, bon, attendez, on va trouver… Il y en a parmi vous qui n'aiment pas trop lire, et d'autres qui n'aiment pas trop crapahuter dans la forêt… Mais vous aimez tous les histoires d'aventure, pas vrai ?

— Les histoires d'aventure…

— Ah ! Ça y est ! Je sais !

— Non, moi je sais !

— On construit une bibliothèque…

— Mais dans les arbres !

— La « cabane des aventures historiques ».

— Pas trop loin du village, alors.

— Le grand chêne derrière l'atelier, il attend que ça.

— Et on pourrait y installer la lumière, avec l'aide de Maxie. Si c'est pour lire, c'est sûr, les adultes nous laisseraient y rester le soir.

— Et on pourrait se relayer pour se raconter les histoires les uns aux autres.

— Ce serait génial.

Silencieuse, un sourire au cœur, Esfir laissa la magie s'opérer et les plans s'élaborer. Assister au spectacle de la transformation du conflit, c'était un plaisir qui ne pouvait jamais se faner, quels que soient les acteurs en présence, et leur âge.

— Tu saisis, Tarik, cette étincelle qui s'est mise à crépiter ? Il y a quelques minutes, vous étiez prêts à vous donner des coups de poing, et maintenant vous discutez ensemble des détails d'un nouveau grand projet. C'est exactement ce que l'on recherche : l'énergie qui aurait pu être dépensée en violence est convertie dans un but de construction : les bases d'une amitié solide.

— Et c'est tout ?

— C'est tout.

— C'est un peu trop simple.

— Je n'ai jamais dit que c'était compliqué. Parfois, c'est seulement très long, parce qu'il y a beaucoup de nœuds à défaire.

— Mais là, c'est nous qui avons tout trouvé ! Tarik n'a rien fait.

— Et c'est la meilleure chose que puisse faire un émissaire. Au fait, Tarik, si tu souhaitais une leçon de conciliation, il suffisait de me la demander. Tu n'avais pas besoin de provoquer une dispute.

— C'est-à-dire que…

— Mais je vois que tu as saisi – et ciblé – l'essentiel : la plupart des disputes dissimulent des visions opposées sur ce que devrait être le monde. C'est aussi ce qui fait notre richesse, à nous, les humains.

La fin de matinée et l'après-midi se déroulèrent agréablement, dans une légère brise. Puis la lumière déclina, et la commune passa dans l'ombre du versant. Vint alors l'heure de l'agneau.

Humains, chiens, oiseaux, et même le vent, étaient saisis d'un calme quasi religieux. Certains terminaient encore leurs travaux du jour, mais une grande partie des habitants commençait à se rassembler sur les parterres d'herbe rase en bordure de rivière, où des fanions avaient été sortis pour l'occasion et ornaient les arbres de couleurs festives. Des instruments étaient prêts à jouer. Mais il n'était pas encore temps.

Prise d'un malaise, Esfir fonça vers les sanitaires. Une émotion trop vive la happait et l'entraînait vers des souvenirs qu'elle avait crus lointains, mais qui lui revenaient avec une acuité étourdissante. Alors qu'elle se passait de l'eau sur le visage, l'émissaire se croisa dans le miroir. Elle porta une main à cette curiosité exposée en reflet, en appréciant du bout des doigts les creux, les plis, les aspérités, comme s'il s'était agi d'une créature mythologique.

Elle sourit tant bien que mal au reflet, se tapota les joues. Peut-être n'était-elle pas si vilaine que ça, après tout. Pour s'en convaincre, pour faire illusion dans les moments de doute, il suffisait de se répéter : feindre, c'est déjà faire.

— Pas l'habitude de te voir, Esfir ?

— Pourquoi dis-tu ça ?

— Tu te scrutes comme une étrangère. Comme si tu attendais de toi un écart, un faux mouvement.

— Moins je me vois, mieux je me porte. J'ai trop de mal à croire qui je suis.

— Esfir, l'émissaire ?

— Celle-là même. Et toi, qui es-tu ?

— Je m'appelle Maxie.

— Parfois, j'ai l'impression de n'être qu'une machine. Ou, plutôt, qu'être autre chose qu'une machine serait trahir.

— Trahir quoi ? La pureté de ta mission ?

Maxie avait ricané gentiment, avant de porter une main tendre au visage d'Esfir. L'émissaire se dégagea vivement, les pommettes échauffées, les yeux rougeoyants d'une émotion indéfinissable.

— Ah, tu vois ! Humaine, c'est bien ce que je pensais. La fête va commencer, tu viens ?

Il était temps de sortir. Sur la grève, Tarik était pâle comme un linge. Il se triturait les mains, le regard fuyant aux quatre points cardinaux, tandis qu'une femme, qui devait être l'abatteuse habituelle, lui réexpliquait avec force gestes et précisions les mouvements à accomplir pour venir à bout de sa tâche dans les meilleures conditions possibles. Ça ne serait pas assez, car, pour tuer un animal sans le faire trop souffrir, il fallait de l'entraînement. Cependant l'adolescent écoutait attentivement et le démontrait en hochant vigoureusement la tête, bien qu'Esfir en fût certaine, il n'entendait rien de ce que la femme lui disait, tous les sens brouillés par la panique.

Le jour déclina encore, les derniers arrivants s'assirent sur la berge, le bruissement des conversations se tut. On amena l'agneau. Adorable, chétif et doux, tel que la nature l'avait fait dans son duvet tout neuf. Tarik déglutissait à répétition sans pouvoir se débarrasser de la boule dure qui s'était formée dans sa gorge, ni des frissons qui lui arquaient les épaules et lui creusaient le bas du dos. Même avec l'aide des adultes, il bloquait avec difficulté l'agneau entre ses jambes. L'animal se débattait et s'égosillait en lui laissant de longues traînées de morve sur les bras. Parce qu'il ne savait pas où regarder pour éviter les grands yeux noirs larmoyants, parce qu'il ne voulait chercher aucun soutien parmi les membres de la communauté qui l'avaient mis dans cette situation, Tarik chercha Esfir, et y cramponna toute sa détresse. L'émissaire lui renvoya un hochement de tête qu'elle espérait encourageant, malgré l'angoisse qui lui tordait les intestins.

L'instant ne pouvait s'éterniser. Le garçon sentait ses forces le perdre. Et c'est ce moment précis qu'il choisit, tout au bord du découragement sans retour, pour accomplir le geste mortel, d'un élan aussi sûr que ses membres voulaient bien le pourvoir. Le bêlement frêle se perdit dans un gargouillis, le corps grêle s'affaissa dans un frémissement. Aussitôt qu'il sentit l'envol de cette vie, pesant si lourd au bout de ses bras, Tarik laissa tomber la dépouille avec horreur et bondit en hurlant vers la broussaille la plus proche, où il répandit tout le contenu de ses entrailles et de son cœur, dans un mélange d'acide et de larmes. Quand il revint au cœur du cercle, les bravos, les accolades bienveillantes l'ébranlèrent comme un roseau dans la tempête, il vacilla de part et d'autre sur ses jambes flageolantes, mais ne tomba pas. Ce soir-là, il ne toucha pas à son assiette.

Si ce n'était une fête pour lui, c'en était une pour les autres, qui, entre deux côtelettes grillées, s'égosillaient à cœur joie tout en s'acidifiant l'estomac de vin jeune. La musique emplissait l'air et les discussions battaient leur plein. Au moment le moins opportun, c'est-à-dire quand tout le monde eut les joues bien échauffées, on sortit l'appareil photo. Le photographe en titre captura quelques clichés, dans lesquels Tarik avait la vedette et Esfir une place d'honneur, puis s'éclipsa aussitôt pour aller développer le résultat.

On épingla les meilleures images au mur de la salle commune. Elles figuraient un groupe de proches, de parents, de voisins bras dessus bras dessous, dont le corps n'oubliait rien des misères du quotidien, mais dont l'esprit ce soir était léger de renouveler sa joie. Et quelque part entre deux amis, Esfir l'errante, Esfir la nomade, Esfir l'émissaire. Une inconnue au beau milieu de sa famille.

Les enfants étaient déjà là, crayons brandis, prêts à dessiner cœurs et sourires à côté des tirages. Au cours de la soirée et des jours suivants, d'autres apposeraient leurs réactions, leurs mots doux et leurs plaisanteries. La publication se remplirait de commentaires avant d'être remplacée par un nouvel espace d'expression vierge, dans l'attente du prochain événement.

La musique enveloppait ce monde euphorique, lové dans un cocon, quand le phénomène survint. Il faisait nuit noire, mais même en plein jour, personne n'aurait pu le rater. Un long flash lumineux, comme jamais Esfir n'en avait vu. Elle attendit plusieurs secondes, à l'affût d'une déflagration, mais aucun son ne vint à ses oreilles, sinon celui des grillons, particulièrement bavards à cette heure. Les regards se croisaient en quête d'une explication.

— Qu'est-ce que c'était ?

— Je ne sais pas, ça semblait venir du ciel. De très loin.

— Une supernova ? J'aurais aimé être derrière ma lunette astronomique pour voir ça !

— L'explosion d'une supernova reste visible pendant des semaines. C'était trop bref.

— Et si c'était les aliens ?

— Qu'ils viennent !

— Oui, il n'y a plus rien à piller sur cette foutue planète.

Et tous pouffèrent. Quelques paroles légères… Le temps s'y prêtait.

Retranscription de conversation, 20 octobre 2098
Jiti Ouest – ex-Europe orientale (ex-Ukraine)
Tarik Kósa

— Ton uni est strannyy. Bizarre ?

— Je comprends tout ce que tu dis, ne t'en fais pas. Mais je dois ajuster mon langage à chacun de mes déplacements, alors il me faut toujours un petit temps d'adaptation. L'uni est un peu différent ici et cinquante kilomètres plus loin, mais même si tu en parcourais mille, tu arriverais à te faire comprendre.

— Oui, oui, je connais le principe.

— Tu apprends bien tes alternatifs ?

— Toujours, au moins deux ou trois pour chaque concept. Mais c'est un peu dur, des fois. Beaucoup de mots. Et puis la motivation n'est pas trop là, comme chez nous on parle tous pareil…

— Où est-ce qu'on va, d'ailleurs ?

— Stara.

— Une commune.

— Oui, mais c'est un vrai bourg ! On est presque cent.

— Comment dis-tu ? Stara ? Je n'en ai jamais entendu parler.

— Ça ne fait pas longtemps. Un an. On est un groupe qui vient de la côte, à l'origine.

— Le Dniepr est robuste et sa source protégée, il y a fort à parier qu'il constituera l'un des bassins de population les plus importants des prochaines décennies.

— Plus de gens, c'est synonyme de plus d'emmerdes, ça, pas vrai ?

— Plus de conflits, et plus de maladies… Tant qu'il y a de l'eau et de la chair, les moustiques tropicaux ont la belle vie. Tu as tes parents ?

— Lo mismo. C'est tout comme. Mes parents d'adoption enseignent, quand ils ne sont pas à la manufacture. Ils font des filtres à eau, des vitamines, je sais pas trop. Ils fabriquent des trucs utiles. Mais, tu sais, c'est tout le village qui subvient à mes besoins, comme pour les autres enfants. La communauté. Topluluk.

— Et toi, qu'est-ce que tu fais de tes journées ?

— Je traîne.

— Vraiment ?

— J'aide, un peu. Je m'occupe des gosses, je range, je nettoie, j'aide à la ferme, à l'atelier. Des trucs normaux, quoi.

— Tu t'instruis ?

— Oui, je viens de te le dire.

— Je veux dire… Tu apprends les mathématiques, l'Histoire… ?

— Je te taquinais. Mais bof. Un peu.

— Est-ce que tu sais lire ?

— Bien sûr que je sais lire !

— Excuse-moi, je ne voulais pas me montrer condescendante.

— Mouais. Et toi, tu fais quoi de tes journées ?

— Parfois je suis sur la route, parfois je suis dans les communes…

— Tu traînes aussi, alors.

— Si on veut. Je trouve des solutions à des problèmes, j'aide à résoudre des conflits.

— Quels genres de conflits ?

— De toutes sortes, mais surtout liés aux ressources.

— Ouais, ben tu es arrivée trop tard pour ça. Chez nous, les conflits ont déjà été « résolus » à coups de pelle dans la gueule.

— Tu veux me raconter ?

— Disons qu'après avoir « soustrait » certains membres de la communauté, on n'a plus besoin de se poser la question : il y a de l'eau et de la nourriture pour tout le monde… Pour l'instant. Un minot est né il y a quelques semaines. Il tète encore sa mère, mais plus tard il mangera, il mangera de plus en plus, puis d'autres marmots naîtront, et d'ici quelques années ça recommencera, les disputes, les règlements de comptes.

— Tu ne vois aucune solution à ça ?

— Je ne ferai pas partie des victimes.

— Une solution qui conviendrait à tout le monde, je veux dire.

— Qu'est-ce que j'en sais… Finalement, ça m'allait mieux quand c'était moi qui posais les questions. T'es qui ? Tu es apatride ?

— Qu'est-ce qui te fait dire ça ?

— Ça expliquerait pourquoi tu ne te poses pas, pourquoi tu vas de commune en commune, comme une paumée.

— J'ai une patrie, tout du moins une terre de naissance. Tskhinvali, en Ossétie du Sud-Alanie. C'était un territoire au nord de l'ex-Géorgie. Tu vois où c'est ?

— Non, désolé. Je ne m'intéresse pas trop à la géographie. Pays, régions, climats… Tout ça ne veut rien dire, en fait.

— C'est vrai. Mais avant, c'était important, alors ça peut aujourd'hui encore dire des choses sur les gens, ce qui les motive, les effraie… Ça peut aider à comprendre pourquoi ils ne s'entendent pas entre eux, parfois.

— Ça ne se terminera jamais, tu sais. Les émissaires comme toi, ils se baladent, ils vont, ils viennent, ils collent des pansements qui se décollent.

— Le sujet a l'air de t'intéresser, pourtant. Quelque chose me dit que tu as déjà croisé la route d'un émissaire.

— Ouais…

— Quand ?

— Y a deux ans, quelque chose comme ça. Gab… Gab quelque chose.

— Ça ne me dit rien. Gab vous a aidés ?

— Ouais. Il a arrangé quelques trucs. Puis il est parti, et plus tard il y a eu des coups de pelle dans la gueule. Comme je te l'ai dit juste avant. Alors on est partis.

— Les émissaires ne sont pas porteurs de solutions miracles. On cherche des réponses, on donne des pistes, et on fait confiance aux personnes impliquées pour être capables de les développer.

— Pourquoi les gens se battent ?

— Tu le sais bien : pour les ressources.

— Rien d'autre ?

— Dans le fond, non. À mon avis, le reste n'est que prétexte. Parfois, ce prétexte prend des proportions invraisemblables, à l'échelle d'une société entière. Mais pourquoi cette question, tu as une idée derrière la tête ?

— J'ai lu un livre. Dedans, les humains se battaient toujours pour des idées : dieu, le pays, des... pouvoirs. Des choses qui n'existent que dans leurs têtes. C'est vrai ? Je n'en reviens pas qu'on se soit vraiment battu pour des choses pareilles.

— Tu es mûr, Tarik... comme l'époque dont tu es issu.

— Mouais... Et toi, tu as une religion ?

— J'évite d'aborder ce sujet, ce n'est pas mon rôle. La foi, c'est être libre, réellement libre, de choisir sa confession. C'est quelque chose de personnel, et se mêler de la religion des autres, comme tu l'as très bien souligné à l'instant, ça n'a toujours fait que créer des problèmes de rivalités et de domination.

— Mais tu en as une ou pas ?

— Pas trop.

— Un peu, alors. Comme moi !

— En quoi est-ce que tu crois ?

— Je ne sais pas vraiment. La terre, le ciel.

— On ne croit pas en ces choses-là. Elles existent réellement.

— Oui, mais les autres, ceux d'avant, ils avaient carrément oublié qu'elles existent. Un peu comme si... En gros, si ce n'est pas divin, on ne le respecte pas.

— Ok, je te suis. Ce n'est pas vraiment ce que j'appellerais une religion. Seulement du bon sens.

— Alors ça me va, la religion du bon sens.

— Quoi qu'il en soit, je me répète, si un émissaire peut avoir à parler de religion, il doit faire attention à ne pas mettre la sienne en avant. S'il réalise une conciliation entre deux parties et que l'une d'entre elles a les mêmes croyances que lui, il ne doit pas prendre cela en compte dans la balance. Ce serait injuste pour l'une des deux. Tu comprends ?

— D'accord. Tu as suivi des études pour faire ça ? Émissaire ?

— Pas vraiment. J'étais plus jeune que toi quand j'ai arrêté l'école.

— Ah ouais ? Je croyais que les vieux étaient tous allés à l'école.

— Les vieux dont tu parles sont morts à cette heure. Quand je suis née, c'était déjà des temps troublés, il y avait beaucoup plus de guerres et l'environnement était en pleine métamorphose. Je suis allée à l'école, pendant quelques années, mais quand j'avais huit ans, une énorme tempête a ravagé le pays, et ma ville ne s'en est pas remise. Mes parents ont été contraints de partir. C'était au tout début du deuxième exode.

— C'est quoi, le pire que tu as vu, pendant toutes ces années ?

— Dans le pire, j'ai l'embarras du choix. Mais je ne comprends pas bien où cette conversation nous mène.

— Tu n'as pas envie d'en parler ? Alors laisse-moi répondre pour moi. C'était juste avant qu'on ne parte de là où je suis né, j'étais petit. Je ne me rappelle pas les lieux, mais les gens, oui. Des gens morts de soif et de faim. Il y en avait plein dans les rues, tous les jours, comme s'ils n'avaient pas réussi à faire un pas de plus et s'étaient écroulés sur place pour mourir, tu vois ? On les brûlait, et l'odeur de cramé nous faisait gargouiller le ventre. Mais enfin, ça, c'était rien. Le pire, c'est quand quelqu'un tue quelqu'un d'autre, tu vois ? Les humains, entre eux, ils n'ont pas d'excuse.

— C'est souvent plus compliqué que ça.

— Et un type qui étrangle sa propre fille dans son sommeil, soi-disant pour lui épargner les horreurs de ce monde ? Ou parce qu'il n'y a pas assez à manger pour trois, alors on doit en éliminer un ? La plus jeune, parce que c'est la plus faible ? C'est plus compliqué que ça ?

— Tarik...

— C'est pas plus compliqué que ça. Il l'a tuée, et j'aurais dû le tuer. Là, il y aurait eu assez à manger, mais j'aurais été tout seul, tu vois ? Je n'aurais pas pu la ramener à la vie.

— Qu'est-il arrivé, ensuite ?

— Il est mort tout seul, pas très longtemps après. Il n'a pas eu besoin de moi. Ou alors j'ai souhaité assez fort que ça arrive, et la religion du bon sens s'est occupée de lui.

— Tu avais besoin d'en parler.

— Oh, je le raconte à tout le monde. Ça devient un peu moins important à chaque fois. Au bout d'un moment, je m'en foutrai peut-être. Balek !

— Ça peut marcher.

— Tu as déjà réussi à empêcher des choses aussi horribles que ça ? Comment tu fais, pour résoudre des conflits ?

— Tu voudrais que je t'apprenne ?

— Je ne crois pas que ça s'apprend. Je crois qu'on sait le faire, ou qu'on ne sait pas.

— Comme un don ?

— Voilà.

— Je ne suis pas née comme ça. J'ai appris sur le tas, et de temps en temps j'ai rencontré des gens qui m'ont aidée à mieux comprendre. Je me suis trompée souvent, au début.

— N'empêche que je ne pourrais pas faire comme toi. Je ne suis pas pacifiste.

— Qu'est-ce que tu es, alors ?

— En colère.

— Contre qui, contre quoi ?

— La famille. Le village. Pas capable de s'entendre, et puis leurs idées tordues... Ça me donne envie de les frapper, tous. Ce monde est complètement foireux. Ça me donne envie de... de...

— Je n'ai pas toujours été comme tu me vois. La violence, je suis née avec et je l'ai côtoyée longtemps. C'est parce que je la connais, intimement, que je peux faire ce que je fais.

— Mouais. C'est à se demander comment tu peux être encore vivante. Pour s'en sortir, il faut être sauvage. Capable de tuer. Il faut être capable de tuer le plus innocent des animaux.

— Tuer le plus innocent des animaux… Pourquoi me dis-tu ça, tout à coup ? Est-ce que tu as quelque chose sur le cœur ?

— J'en ai gros sur le cœur, ouais.

— Tu veux m'en parler ?

— Demain…

— Demain ?

— C'est le jour de l'agneau.

— Attends une seconde… Tu veux dire que c'est ton anniversaire ?

— Ouais.

— D'accord, je comprends mieux.

— Le monde ne me fait pas peur. Mais tuer, oui.

VOIR L'HORIZON

Après avoir patiemment attendu son tour pendant près d'une heure, Esfir se connecta sur l'un des ordinateurs communaux. L'écran était maculé de pixels morts, et sur le clavier usé par des milliers de doigts, on discernait tout juste les lettres. L'émissaire possédait sa propre tablette – un luxe – mais elle n'était pas parvenue à accéder au réseau longue portée, probablement bloqué pour éviter les surconsommations menant aux coupures, comme cela arrivait dans les villes.

Car on pouvait réellement parler de ville. Sur tous les contours de la mer Baltique, la densité de population ne cessait de grimper, alimentée par les reliquats de migration qu'Esfir elle-même encourageait… à tort ? Question futile : dans la quête d'une société plus juste, on ne pouvait abandonner personne au bord de la route. Mais le bourgeonnement de nouveaux quartiers, dans tout Bel Horizon, rendait lointain le souvenir cocasse du terrain de golf sur lequel s'était fondée la communauté, deux décennies plus tôt. Aujourd'hui, c'était plus de gens, plus de différences, plus de contradictions. Comment être surpris alors du tour que prenaient les événements ?

Aussitôt connectée, Esfir ouvrit sa messagerie. Il aurait été tentant de plonger dans les vestiges du grand web sauvage, mais les quinze minutes réglementaires laissaient peu de place au papillonnage. S'il lui restait du temps, à la fin, elle téléchargerait quelques œuvres à ajouter à sa collection. Pour l'heure elle se concentrait sur les messages arrivés dans sa boîte ces deux dernières semaines. Il y avait la lettre d'information du réseau des émissaires, qui abordait la signature de la paix entre les Grands Territoires. La fin de la guerre, réellement ? Différents conflits menaçaient déjà de ranimer les tensions au sein de cet informe sac de nœuds qu'était désormais la carte de la Terre. Mais cela faisait tellement longtemps qu'Esfir n'avait pas été sur un front qu'elle se demandait si cette guerre administrative avait une réalité physique…

Dans sa messagerie, il y avait aussi la demande d'assistance qui expliquait sa présence à Bel Horizon aujourd'hui, qu'elle n'avait pu consulter par mail mais qui avait fini par lui parvenir de coups de fil en bouche-à-oreille. Elle s'attarda plutôt sur le message personnel d'un émissaire, Dinesh, reçu quelques jours auparavant.

Esfir, chère émissaire,

Je t'écris depuis l'ordinateur communal de Calais, en ex-France. Ici, il y a encore beaucoup de mouvements de populations. La ville n'est plus qu'un lieu de passage et de rencontre : les familles, les amis se retrouvent, puis reprennent la route. Pas de risque de guerre, donc, mais des chicanes fréquentes en l'absence d'administration et de modération. À vrai dire, j'ai l'impression de m'être coincé ici dans une querelle sans fin, mais désormais je ne vois pas d'autre issue que celle d'attendre que tout le monde soit passé afin de fermer la marche du dernier exode. J'ai entendu dire qu'on t'envoyait à la cité de Bel Horizon ! Pour être tout à fait honnête avec toi, je suis un peu jaloux. Notre rôle, à nous les émissaires, est essentiel, et l'enjeu, tout simplement immense. Il nous portera jusqu'aux étoiles, c'est certain. Je t'en prie, Esfir, continue de porter notre mission avec tout le talent et l'énergie dont tu sais faire preuve […].

Ne gaspillant pas plus de temps, l'émissaire ferma le message. Mieux valait employer ces précieuses minutes à télécharger un vieux film, un bon podcast ou un de ces romans de la nouvelle vague. De l'avis d'Esfir, Dinesh prenait son rôle trop au sérieux. C'était louable, car Dieu mort, le Roi enterré et le Patron aussi, qui restait-il ? Personne d'autre que soi-même pour agir. C'était louable, oui, mais révélateur d'une vision un peu courte, encore trop centrée sur l'individu. Or, si l'on se penchait sur les déboires des siècles et des millénaires précédents, on ne pouvait que se rendre à l'évidence : cette maudite époque, sur cette foutue planète, elle n'était pas si mal.

Esfir sortit de la salle communale et respira à pleins poumons. L'air était fantastique : du bon air frais et humide, qui hydratait et nourrissait. Les arbres déployaient confortablement leurs branches sur la rive buissonnante. De vergers en pissenlits, les pollinisateurs accomplissaient dans un bourdonnement ravi leur indispensable tâche, et on voyait virevolter des cerfs-volants au vent du large. Les discussions allaient bon train devant les ateliers, les gosses enfourchaient leurs vélos après l'école, les chats faisaient soigneusement leur toilette sur le pas des portes.

Et dans ce même lieu, qui avait pour Esfir tous les atours d'un paradis retrouvé, des individus avaient entrepris de s'entredéchirer, selon une ahurissante coutume chère, si chère à l'humanité. Esfir n'eut cependant pas le loisir de maugréer davantage, car son ami Sasaki s'avançait vers elle, désignant d'un geste la ville environnante.

— Ça a beaucoup changé depuis la dernière fois où tu es venue, hein ? Combien ça fait, trois ans ?

— Oui, et mon impression, elle, ne change pas : pourquoi les humains s'obstinent-ils à s'agglutiner de la sorte ?

— Il y a des logements libres, de quoi se nourrir, s'occuper, s'enivrer… C'est plus facile que de tout reconstruire de zéro.

— Les villes sont une erreur que nous avons répétée trop de fois. Une aberration en matière d'acheminement et de consommation des ressources, et une déshumanisation des contacts. Tu sais que les groupes perdent en efficience au-delà de cent cinquante individus. Les relations de confiance se tarissent, la communication interindividuelle baisse, et le ciment de la communauté s'effrite.

— Tu parles de Bel Horizon comme d'une mégalopole ! Au contraire, chaque nouveau quartier est réfléchi pour être en autonomie alimentaire et énergétique, sans pour autant finir en autarcie sociale. Jusqu'aux limites qui atteignent maintenant l'ancien aéroport de Tallinn, on ne voit qu'une succession de petits immeubles cossus, de potagers, de nature sauvage parsemée de lieux de vie reliés par des chemins et des navettes régulières. Peut-on réellement parler de ville ?

— Je me méfie, voilà tout. J'ai peur de voir annihilées les fragiles bases que nous sommes parvenus à installer. Nous ne pouvons pas tout perdre par excès d'appétit.

— Se forcer à vivre dans de petites communautés, certes soudées, mais tout juste capables de combler leurs propres besoins, vulnérables car isolées, c'est prendre le risque d'oublier qu'il y a mieux que la survie. Nous pouvons dépasser cette sempiternelle opposition entre campagne édénique et ville maudite.

— Dangereux symbole hérité de l'Occident, ne sous-estime pas sa puissance.

— Nous sommes déjà allés au bout du concept. Avec du temps, de l'apprentissage, nous en ferons la synthèse. Et puis, sois raisonnable, comment voudrais-tu convaincre tous ces gens ?

— Ça...

Esfir et Sasaki s'étaient glissés dans une taverne pour se protéger de la fraîcheur qui descendait sur le soir. La lumière diffusait une ambiance intimiste, les banquettes matelassées et les guéridons reluisaient sous les lampes, des musiciens emplissaient l'air d'une plaisante mélodie et la chaleur humaine embuait les lieux. Quand ils arrivèrent à la table désignée par Sasaki, deux personnes étaient là qui attendaient, des yeux brillants braqués sur elle.

Ce regard, Esfir le connaissait.

— C'est un grand honneur de te rencontrer.

— Enchanté, Esfir, on m'a tellement parlé de toi !

— Vous êtes également émissaires ?

— Oui. Je m'appelle Lounès, je viens du Jiti Ouest Oriental, près de la mer de Kara. Mes ancêtres étaient d'ex-Algérie. Et ma camarade ici présente s'appelle Aibarshyn, elle vient du nord de l'ex-Kazakhstan. Elle a réconcilié tout le pourtour du lac Zaïssan, et bientôt tout le bassin du fleuve Irtych !

— Lounès, qu'est-ce que tu racontes ! Je ne me considère pas comme émissaire. Ici je suis juste… comment on disait, déjà ? Une touriste ! Lounès, qui m'a beaucoup guidée dans ma démarche, m'a invitée pour rencontrer d'autres personnes, mais c'est la première fois que j'entreprends un si long voyage. En vérité, je n'ai agi qu'au sein de ma communauté…

— Alors l'honneur est mien. Que nous soyons des millions, éparpillés tout autour de la Terre ! C'est tout ce que je nous souhaite. Mais parlons d'ici. Vous êtes déjà plusieurs émissaires sur place, avez-vous engagé la discussion avec les différentes parties ?

— Nous t'attendions.

— M'attendre ! Mais pourquoi ?

— C'est une affaire importante. Tu sais comment on te surnomme, dans le milieu ?

— Faites-moi rêver.

— Pacificator P-1000.

— Je suis flattée…

— Tu peux. Et puis, tu as la paix des Jitis avec toi. Te rends-tu compte ? L'accord signé hier dépasse toutes les espérances. On parle de la dissolution des frontières, sur toute la surface du globe !

— C'est ridicule. Les Jitis n'ont fait que signer ce qui était déjà un état de fait. Tu le sais bien, Sasaki, ce ne sont pas les gribouillis des institutions qui décrètent l'état de la chose, mais la réalité des peuples.

— Peu importe ce que tu en penses, cela n'en reste pas moins un jour historique. Puisque tu n'es pas insensible à la valeur des symboles, toi qui es une enfant de l'Occident, tu devrais croire à la providence, au jugement dernier et à l'avènement d'une paix perpétuelle. Tu devrais croire que le bien peut triompher.

— J'ai vécu trop de cycles pour croire à ce conte dichotomique comme la petite fille que j'étais.

— Pourtant, moi, j'ai trouvé dans ta culture quelque chose que je n'avais pas, et qui me manquait, pour comprendre tout à fait dans quelles eaux nous nageons ensemble. Je crois maintenant qu'il y a des choses qui changent à jamais. Cela n'arrive pas toujours brutalement, mais cela s'inscrit, indélébile.

— Entre nos extrêmes, la vérité se trouve toujours un peu au milieu, non ? Allez, Sasaki, parle-moi plutôt de cet endroit. Tu y vis depuis plusieurs années, tu dois avoir une bonne vision des lieux et de la situation.

— Un peu trop bonne. C'est difficile de te donner une version sans parti pris.

— Attends… Tu as des affinités ? Des relations ?

— Oui.

— Je vois.

— En fait… ma fille est impliquée… je veux dire, comme tous les jeunes du coin. Pas plus, pas moins. Mais cela me rend inéligible au rôle de conciliation dans cette affaire. On est tous dedans, jusqu'au cou, bien malgré nous.

— J'aurais préféré que tu me le dises avant. Notre rencontre ici risque d'éveiller des suspicions mal fondées. Au cas où tu ne le saurais pas, l'enjeu est critique, et la paix entre les Jitis, fragile.

— Tu admets donc accorder une valeur à cette signature ! Ne t'inquiète pas, ce coin est sûr. Tu sais, si on met la tourmente de côté, Bel Horizon est une cité agréable. Les bases de la communauté sont bien ancrées, il y a beaucoup d'entraide, de partage…

— De l'argent ?

— Oui…

— Ça ne me dit rien qui vaille.

— Ne sois pas si frileuse. C'est juste un moyen d'échange : des bouts de papier, avec des numéros dessus. On utilise d'ailleurs les pièces et billets de différentes devises. La véritable valeur reste l'heure travaillée. Et puis, la monnaie perd elle-même en valeur au fil du temps, aucun intérêt à cumuler de l'épargne. Je ne vois pas ce qui te dérange.

— Tu n'arriveras pas à me convaincre.

— Esfir, quand es-tu devenue si intransigeante ?

— Quand es-tu devenu si observateur ?

Cela avait jeté un froid, et c'était mieux comme ça.

— Aibarshyn, toi qui viens d'arriver, que sais-tu du conflit ?

— Si j'ai bien compris, il s'agit d'un rassemblement qui a dégénéré. Nulle intention d'affrontement au départ. Quelques individus avec des différends non résolus, et qui n'ont pas su se maîtriser. La ville existe depuis plusieurs décennies maintenant et…

— Mieux on se connaît, mieux on se maltraite.

— Voilà. Malheureusement, il y a eu des blessés. Une jeune fille, et un parent qui essayait de la protéger. La suite…

— C'est vrai, ce sont les situations les plus difficiles à dépêtrer, je l'ai expérimenté de nombreuses fois sur ma route, autour du Zaïssan. Un tort causé exige réparation. Sans autorité puissante capable de monopoliser la force et de contenir les débordements…

— De l'autorité, il y en a toujours. Toujours des « protagonistes » émergent pour s'approprier le conflit et jouer les petits chefs. Mais les gouvernements locaux partagés se sont montrés compétents à maintes reprises dans la gestion des oppositions entre individus. Alors que se passe-t-il, ici ?

— La sidération, Esfir. La situation a échappé à tout le monde. Je sais que ça paraît aberrant, voire ridicule, vu de l'extérieur.

Et ça l'est même encore plus que tu l'imagines. Mais nous y sommes, les deux pieds dedans, et si rien n'est fait, la chaîne va se poursuivre, la violence se reproduire, jusqu'à…

— Jusqu'au premier meurtre ? Jusqu'à ce que les uns ou les autres ne soient chassés ? Que les uns et les autres ne se soient exterminés ? Que les deux parties ne tombent exténuées, ne voyant plus de possibilité d'évincer l'autre ? Ou bien qu'un compromis soit trouvé, en attendant qu'un mécontent de l'accord attaque à nouveau dans un pli sournois de la nuit ?

— Esfir…

— Nous serons là, parents, amis, étrangers, toujours plus nombreux, prêts à intervenir !

— Oui, Lounès a raison. Notre tâche est semblable à la médecine. Il n'y aura pas de triomphe du bien sur le mal, seulement de meilleurs traitements. Moins de souffrance.

Agacée, Esfir s'exfiltra du bar pour aller prendre l'air. Elle n'était pas en désaccord avec tout ce qui s'était dit. Simplement, c'était une telle évidence que cela ne méritait plus d'être énoncé. Et pourtant, si. Quel désastre. Dire qu'une heure auparavant elle se réjouissait des avancées du siècle, et maintenant une réalité trop vulgaire s'incarnait par les mots, par les gens, et toute tentative de pacification de l'espèce lui paraissait illusoire, sinon totalement vaine.

Sasaki la rejoignit bientôt, dans la froideur qui précède la nuit. Il n'eut pas le temps de prononcer une parole.

— J'ai vu passer tes articles. J'ai l'impression que tu es devenu un reporter de guerre. Tu ne fais plus que donner les scores : qui gagne, qui perd, combien de blessés, à quand les morts ? N'y a-t-il pas d'autres chemins à explorer que la mise en avant de la violence directe ? Interroger la population sur les causes de ce conflit, ses racines ? Mettre en avant les héros et héroïnes de tous les jours ? Il y a bien des gens qui font quelque chose de bien, dans cette ville ? Pourquoi ne portraitures-tu pas leur douleur, leur agonie d'aller nulle part, afin de la rendre plus visible ?

— On a fait le tour de la question. Tout le monde sait très bien quel est le problème.

— C'est à se demander pourquoi il est encore là.

— Esfir, tu m'inquiètes. Tu comptes t'y mettre dès aujourd'hui ? Tu as l'air fatiguée.

— Une nuit de plus peut être la nuit de trop.

— J'insiste, sans vouloir te vexer, tu ne m'as pas l'air dans les meilleures dispositions pour mener une conciliation à bien.

— Tu as raison. Mais je ne me le pardonnerais pas, si c'était celle-ci la nuit de trop.

Pacificator P-1000 scrutait le fond du ciel, et elle y voyait ce qu'il y avait là-bas, de l'autre côté de l'horizon, derrière la dernière des rangées d'arbres foisonnants : le reste du monde.

Sur sa route, elle invitait tout le monde à l'exode, mais y avait-il réellement de la place pour tout le monde, ici ? Pour le moment, c'était certain, mais d'ici quelques générations… Les plus cyniques pensaient que l'humanité n'aurait pas le loisir de voir naître quelques générations, mais Esfir savait que c'était faux. Penser sur le long terme, c'était la seule voie possible. Cela faisait longtemps que les humains avaient oublié d'y réfléchir, mais pas de le vivre dans leur chair. Sinon, pourquoi auraient-ils continué leur marche éreintante, paquets et enfants sous le bras, vers l'espoir d'un peu d'eau, d'une trêve, d'une poignée de graines ? Malgré eux, ils croyaient à une perspective qui n'achève jamais de se renouveler, comme seule issue possible.

— Qu'est-ce que tu regardes comme ça, Esfir ?

— L'horizon.

BALEK

La réunion avec les « responsables », comme elle d'un certain âge, s'était passée sans encombre. Tous s'étaient présentés paumes ouvertes et avaient accueilli sa venue avec chaleur, tous s'étaient attablés avec les meilleures intentions du monde et s'étaient montrés enclins à faire la paix, une paix durable et sur-le-champ. Tous avaient admis que ces barricades dressées entre les quartiers étaient une aberration qui n'avait que trop duré. Il y avait eu de grands éclats de rire, des compliments pour Esfir et des accolades sincères entre ceux qui paraissaient être de vieux amis. Vraiment, c'était à se demander pourquoi Esfir était venue jusque-là. Vraiment, ça ne sentait pas bon.

À l'instant où elle entendit retentir les coups de feu, elle bondit du lit pour s'engouffrer dans la nuit noire. À vrai dire, elle ne s'était même pas dévêtue avant de se coucher, trop sceptique à l'issue de cette journée surréaliste. Évidemment qu'elle ne s'était pas adressée aux bons acteurs, et que tout ça n'avait rien à voir avec une opposition entre jeunes sans considération et vieux manquant de bienveillance. Ou entre anciens trop enracinés et nouveaux venus pleins du ressentiment des laissés-pour-compte quand ils découvrent l'opulence. Ou une affaire de couleur, ou de religion, ou quoi que ce fût qu'on avait essayé de lui vendre. Du moins, pas totalement.

En pistant la source des tirs, elle arriva sur un terrain vague envahi par la végétation, au milieu d'un quartier déserté. Ç'avait été un quartier bourgeois, sans doute, car entre les touffes sauvages des allées se dressaient des maisons à colonnades immaculées, d'un goût impossible à remettre dans une époque. Éviter les zones habitées, cela faisait un argument en faveur de ces guerroyeurs du dimanche.

Trop absorbée par ses observations, elle trébucha sur l'arête d'un trottoir, invisible sous la mousse. Elle se rattrapa *in extremis* à un lampadaire, fit quelques pas désordonnés, et se fraya tant bien que mal un chemin entre deux massifs broussailleux. Elle se sentait vulnérable, en terrain découvert malgré l'abri des buissons et des arbres juvéniles. Elle aurait dû faire un repérage dans la journée pour cerner les différents quartiers de la ville, mais elle avait été trop occupée à se laisser bercer dans la verdure retrouvée. Et voilà qu'elle nageait maintenant en eaux troubles.

Car cette nuit, ça sentait la mer, et donc un peu la mort. Pas la mort des chairs, d'une décrépitude organique, mais une mort vide, ancienne. Par-dessus ce tapis oublié, le chant turgescent des grillons avait quelque chose d'indécent. Il parlait d'une vie déchaînée, qui criait sa soif sans considération pour le coût innumérable de tout ce qui la façonnait. Et les grillons n'étaient pas seuls à vivre sans politesse. Car Esfir s'en rendit vite compte, les combattants, ceux-là mêmes qui massacraient la paix nocturne, étaient tous très jeunes, trop jeunes.

Aussi repéra-t-elle immédiatement l'intrus, avec ses cheveux grisonnants qui luisaient au clair de lune. Cet homme, présent avec ses grands sourires lors du simulacre de négociation quelques heures auparavant, était maintenant plaqué contre un mur, déterminé à fusionner avec lui, tête rentrée dans les épaules et front en sueur, trousse de soins serrée dans les bras. Esfir fonça droit sur lui.

— Attends un instant ! Attends, écoute… On a honte. C'est une guerre qui nous dépasse, nous les vieux, mais c'est la guerre de nos enfants. Ils ont de la colère. Comment pourrait-on leur en vouloir ? Leur vie est encore pire que la nôtre.

— À une époque, les vieux ne se laissaient pas marcher dessus de la sorte ! Cela faisait peut-être d'eux les dominants douteux de l'histoire, mais c'est nous qui sommes à leur place désormais – n'avons-nous rien appris ?

— Notre expérience ne vaut rien. Pour l'acquérir, nous n'avons rien fait d'autre que vivre sans attendre. Cela ne nous donne aucun droit. L'avenir ne nous appartient pas.

— Bon sang, entre les vieux accapareurs et la jeunesse en fureur, il doit être possible de trouver un compromis, tu ne penses pas ? Nous avons tous besoin de compréhension pour ce que nous avons été, d'écoute pour ce que nous allons devenir.

— Il n'y a rien à comprendre. Nos parents étaient des criminels. Nous y avons apporté notre contribution. La génération future doit obtenir réparation.

— Nous n'avons profité de rien, et nous devrions en plus porter la culpabilité de nos prédécesseurs ?

— Il n'y a plus personne pour nous laver les mains.

— En attendant, ce n'est pas nous qui criblons la nuit de balles. Où sont-ils, les vrais responsables de cette affaire ?

— Je ne sais p…

— Laisse tomber.

— Attends ! Attends ! Maé, Aliou et Vanhu. Tu ne peux pas les rater, les autres mômes leur tournent autour comme les mouches autour du miel.

Esfir évolua encore quelques minutes, guidée par le chant des balles et les cris de guerre, de couvert en barricade, la course nette et sûre, le regard mobile, mue par la force de l'habitude, la pensée centrée, la respiration profonde, rythmées par la volonté, le sang presque arrêté dans les veines, les influx disséminés à juste dose, au juste endroit. N'avait-elle pas vingt ans, à nouveau ?

Elle se rappela que non lorsqu'elle tomba nez à nez avec une gamine de seize ans tout au plus, terrée derrière un tronc couché, et qui ne savait trop quoi faire de l'arme automatique qu'elle tenait n'importe comment.

— Où vous êtes-vous procuré toutes ces armes à feu !

— Ça te regarde ?

— Moins que le canon que tu pointes sur ma face.

— Oh…

— Merci, c'est mieux. Alors, où ?

— Ben… On a trouvé une cache souterraine. Elle a dû servir à une guerre, des gangs ou je ne sais pas quoi.

— Et vous n'avez pas pu vous empêcher d'utiliser le fusil au-dessus de la cheminée, hein ?

— Non, je te dis qu'ils étaient dans une cache.

— Laisse tomber. Fais voir.

Un AK. Indémodable. C'était un modèle des années 50 ou 60. Ça collait avec le milieu du deuxième exode, quand la Russie avait cru, comme l'Europe deux décennies avant elle, qu'il était possible de résister à la marée humaine. La nation s'étati estimée suffisamment préparée, distribuant comme les petits pains qui manquaient les fusils dans les caves d'immeubles, comptant pour le reste sur la magie de l'esprit patriotique. On continuait de tomber régulièrement sur des caches remplies à ras bord de ce type de fusils d'assaut. Un modèle qu'Esfir connaissait trop bien – elle avait grandi avec – et dont elle pouvait encore apprécier le poids dans ses mains, comme si elles avaient à tout jamais inscrit ces informations dans leur mémoire musculaire…

D'un geste brusque, l'émissaire rendit l'arme à la fille, de vifs picotements au bout des doigts, des pulsations traumatiques au cœur.

— C'est toi, la fille de Sasaki ?

— Comment tu le sais ?

— Tu ressembles à ton père.

— Mon bon à rien de père ! Ça m'étonnerait. Mon père qui s'efface devant tout, qui explique rien, qui se respecte pas. J'ai rien à voir avec lui, ni avec aucun parent.

— C'est parce que vos parents sont « bons à rien » que vous vous sentez obligés de vous « respecter » par armes interposées ?

— Laisse tomber, tu ne comprends pas.

— Pas bien, non. Où sont-ils, les vrais responsables de cette affaire ?

— Je ne…

— Laisse tomber.

Comme elle s'y attendait, les coups de feu se calmèrent au moment où elle traversa la zone à découvert : évidemment, il était plus difficile de tirer sur une victime lorsqu'on la discernait nettement. Mais une balle la fit aussitôt mentir, fusant à quelques centimètres. Esfir frotta son mollet indemne, jeta un regard noir en direction de l'origine du coup de feu, y fixa sa trajectoire, enjamba une palissade croulante pour parvenir derrière le couvert d'un muret. Là, elle trouva un duo de zigotos, si maladroits qu'ils parvenaient à se viser l'un l'autre. Elle écarta le canon d'un geste agacé, et le gosse sursauta.

— Toi. Comment tu t'appelles ?

— Moi ? Léon.

— Pourquoi est-ce que tu te bats, Léon ?

— On nous agresse, alors on répond.

— « On » ? Qui est-ce, exactement ?

— Eux… Nous… Enfin, ça dépend de quel « on » tu parles, là.

— Moi, ce que je veux que tu m'expliques, c'est pourquoi, toi, tu te bats ?

— Je soutiens Vanhu, c'est tout. C'est la seule qui a osé se rebeller. Elle a raison, les autres ne doivent pas entrer sur notre territoire.

— Pourquoi ne devraient-ils pas le faire ?

— Ben…

— Pourquoi ?

— En fait, je me rappelle plus trop.

— Mais si, ça a à voir avec la fois où Maé est rentrée chez Vanhu pour la frapper, alors qu'elle était en train de manger avec sa famille. C'est… Tu sais bien… Parce qu'elle lui a piqué Aliou… Tu te rappelles vraiment pas ?

— C'est Maé qui lui en fait baver, comme à nous quand on est arrivés en ville et qu'elle a dit à tout le monde qu'on était des démons, et qu'ils nous ont même jeté des pierres. Elle avait besoin d'une leçon. Elle avait besoin d'avoir mal.

— C'est clair que ça a fait trop plaisir de la voir pleurer.

— Et puis c'est elle qui a commencé à chercher des armes. Elle est folle.

— Mais c'est pas Vanhu qui a tiré en premier ? Rapport au fait que Warren a voulu casser la gueule d'Aliou, avant de rejoindre Maé ? Par contre, je sais plus comment ça a fini en histoire de territoire… Mais Vanhu a joué un rôle là-dedans, c'est sûr.

— Dis pas ça, les autres ont tort, c'est tout.

— T'étais même pas là, comment tu pourrais savoir ?

— Expliquez-moi. Ça vous fait du bien, de tirer avec cette arme ? Ça vous défoule ? Ça vous apaise ? Ça vous excite ? Ça vous fait marrer ?

— Eh, t'es malaisante…

— Et quand l'un d'entre vous en aura tué un autre, que croyez-vous qu'il se passera ? Ne répondez pas, je vais le faire pour vous. Les affrontements motivés par la vengeance personnelle sont charriés par des émotions violentes. La perte d'êtres chers, par exemple. Ton pote, ta copine, ton frère, ta mère, et ainsi de suite… T'as compris ce que j'essaie de te dire, Léon ?

— Oui, oui, t'emballe pas…

— Où sont-ils, les vrais responsables de cette affaire ?

— Je…

— Laisse tomber.

Esfir bondit de l'abri du muret pour se poster au milieu du champ de bataille, sous la lumière d'un gros spot. Et elle attendit là, les bras croisés pour contenir l'animosité qui lui brûlait le cœur. Avait-elle peur de mourir d'une balle, perdue ou trouvée ? Cela faisait longtemps qu'elle n'en était plus à ce stade. Parfois, elle se demandait si son cerveau ne s'était pas déconnecté de la réalité et de ses implications. D'autres fois, elle était convaincue d'être maudite par la mort elle-même, pour lui échapper à longueur de temps. Mais cette nuit, elle avait juste envie d'aller se recoucher.

Les tirs s'étaient espacés et des grappes convergeaient maintenant vers elle, le pas inégal, la voix basse.

— C'est l'émissaire. Elle est arrivée en ville aujourd'hui.

— Elle est super vieille, non ?

— C'est des conneries, tout ça. Ils pensent nous impressionner avec une émissaire !

— Attends, je veux juste voir.

— Mouais. Balek.

— C'est une émissaire, quand même…

— Balek.

— C'est bon, Vanhu, on peut aller jeter un œil.

À présent, Esfir était prise en sandwich entre deux rangs de petits combattants – dont certains étaient certes plus grands qu'elle, la défiance et l'orgueil au corps. Comme l'ancien l'avait dit, les chefs se détachaient du lot. On ne les reconnaissait pas uniquement à la validation que venaient sans cesse solliciter les autres à leur contact, mais à une vigueur incontestable qui se dégageait dans leur attitude. D'un côté, une fille pâle aux cheveux de miel et au regard en coin. De l'autre, une brune aux yeux durs et à la bouche pincée. Au milieu, un gaillard tout en hauteur, la peau noire et l'ego à mille pieds du sol, malgré son rôle de dindon de la farce.

Les lèvres lui démangeaient.

— Et c'est pour ça que des gens sont blessés chaque nuit ? C'est pour ça que les Jitis menacent de revenir sur leur engagement ? Ne…

Ne se foutait-on pas un peu de sa gueule ?

— Ce n'est pas de notre faute, ce sont eux ! Brise-gonades de première, complètement cramés au triphasé.

— C'est toi la cramée, espèce de sale pute.

— Gros lard de pédé !

— Noiraud plein de sang jaune !

— Retourne dans ta mère !

Esfir n'en revenait pas. Cela faisait des décennies qu'elle n'avait plus assisté à un tel déballage d'absurdités en un laps de temps si court.

— Afin de faciliter l'échange, pouvez-vous, dans chaque camp, choisir une personne pour vous représenter temporairement ?

L'intuition était la bonne, car les deux jeunes filles s'avancèrent d'elles-mêmes sans que personne n'y trouve rien à redire.

— Le reste de l'assemblée est libre d'intervenir à tout moment s'il pense que les paroles de sa représentante vont contre l'avis général, mais dans le cas contraire, merci de rester calmes.

Un silence encourageant lui répondit, même si tous restaient tendus. Aux abords du terrain, quelques brochettes de spectateurs observaient la scène sans oser s'approcher plus.

— Je veux entendre les deux versions des faits, et pour déterminer qui parlera en premier, je vais tirer à pile ou face. Est-ce que cela vous convient ?

— Je veux le côté face.

— Non, moi, je veux le côté face !

— Vraiment ? Bon. Cette jeune femme… Maé ? Maé a parlé en premier, donc, pour cette fois, je lui laisserai la primeur.

Esfir sortit la pièce de sa poche, un vieil euro grec, orné de sa chouette et de sa branche d'olivier, vestige culturel de ce qui avait été l'une des plus anciennes monnaies de cette civilisation. C'était une jolie pièce, ouvragée. Tirer à pile ou face, c'était la seule chose à laquelle elle aurait jamais dû servir.

Cela tomba sur pile. Un soulagement.

— Vanhu, peux-tu me dire quelles pertes vous avez occasionnées au camp ennemi ?

— Hé, on a tué personne ! Juste, euh… Un, deux, trois… quatre blessés.

— Six, rectifia Maé.

— Ah bon ?

— Oui. Six blessés. Vous oubliez Lauter et le fils du dentiste.

— D'accord, six blessés. Et de votre côté, Maé ?

— Ouais, Maé, dis-lui ! Dis-lui comme vous en avez fait votre spécialité, de faire des blessés ! Alors ? Combien ?

— Je sais pas, une vingtaine... Ça va, pour la plupart, c'est juste des coups de poing.

— Ma sœur ne peut plus marcher.

— Ça ne compte pas, elle est tombée toute seule.

Maé ponctua sa phrase d'un haussement d'épaules, puis tendit le doigt vers une fillette qui arrivait en courant, provoquant une certaine agitation dans son sillage. Tant pis pour les explications.

— Quoi, qu'est-ce qu'il y a, Pince-mi ?

— C'est Carla ! Elle a accouché. Tout le monde est dehors !

Il y eut comme un frémissement dans le groupe, mais pas plus. Étant donné l'état peu glorieux de la démographie, l'arrivée d'un nouveau-né était toujours un événement. Cela aurait même dû être une fête. Personne ici ne pouvait l'ignorer. Pourtant, les gosses restaient tous campés sur leurs positions, masquant leur émotion, laissant la petite Pince-mi dans le désarroi, alors qu'elle était encore en train de reprendre péniblement son souffle, les mains appuyées sur les genoux.

— Vous n'y allez pas ?

— Ça ferait bien ta veine.

— Pourquoi on irait ? Pour te faire plaisir ?

— Je ne fais que demander.

— Demander. L'émissaire demande ! Mais nous, on crache sur les gens importants comme toi.

— Qu'est-ce qui te fait dire que je suis importante ?

— Ta sale face de meuf importante.

— La vérité, Vanhu, c'est que je n'ai rien d'important. Je suis même franchement miteuse. Je parcours le territoire comme une vagabonde, et nous sommes tous des vagabonds, mais moi encore plus. J'ai abandonné ce qui me restait de famille et l'ai laissé mourir en mon absence. Nous avons tous fait des choix regrettables, mais moi encore plus.

— Maintenant, tu me fais pitié, mais je ne te trouve pas plus sympathique.

— Ça tombe bien. Ta sympathie, je n'en veux pas.

— Et c'est quoi, ce que tu veux ?

— La paix. Je veux qu'on nous foute la paix, à moi, et à cette foutue planète. Mais il y a encore de la méfiance, de l'envie, de la frustration, de la jalousie, et parfois même, je m'en rends compte ce soir, du racisme, du sexisme, de l'h…

— Mais balek, de tout ça !

— Ouais, balek.

— Balek ?

Esfir voulut exploser de rire, mais à la place un râle, malencontreusement sonore, s'échappa de sa gorge, qui fit tressaillir l'assemblée.

— C'est quoi ton problème, bordel ?

— C'est rien, c'est bien… Je crois qu'on est sur la bonne voie.

— Ah oui ?

— Oui. S'en foutre, c'est ce que l'humanité a fait de mieux depuis le début de son existence.

— Qu'est-ce que tu racontes ?

— La paix par le balek, ce n'est pas un idéal, mais ça me convient parfaitement.

À l'époque où Esfir avait entendu l'expression pour la première fois, trente ans plus tôt, l'idée faisait peu de sens. Le mot « paix » faisait peu de sens. Esfir avait vingt ans alors. Les options de carrière étaient limitées. On attaquait ou on se défendait, on construisait peu et détruisait beaucoup, on ramassait les morceaux de sa vie quand on ne fuyait pas dans toutes les directions pour échapper au prochain ouragan ou à la prochaine rafale de balles. C'était l'apocalypse, dans le genre lente et rageuse agonie, et peu auraient parié sur la survie de l'espèce dans un avenir proche.

Mais elle l'avait fait, la vieille ! Elle était là, debout, à dire merde à la fin du siècle. Et ça, ça énervait Maé, Vanhu et leurs copains, autant que cela les impressionnait. Alors, c'était trop tentant de nourrir le processus, de mettre du sien dans la montée pernicieuse. C'était difficile de résister à cette furieuse envie d'être un vieux con. Esfir avait grandi et mûri en se jurant de ne jamais le devenir, mais il y avait quelque chose d'irrésistible, qu'elle ne s'expliquait pas. Et devant ces ados médusés, pour une experte des conflits comme elle, le verdict était sans appel.

— Je suis fatiguée.

— Pardon ?

— Tu te fous de nous ?

— Laissez tomber, elle a craqué.

— Je suis fatiguée, et malade de tout ce non-sens. Laissez-moi vous expliquer le fond du problème une bonne fois pour toutes : vous êtes des petits merdeux. Les ressources, d'accord, la terre, la nourriture, l'eau, d'accord. Mais là, vous ne vous battez pas pour des raisons valables.

— Non, mais nous, on…

— Je n'ai pas fini. Vous deux. Maé, Vanhu. Et même vous autres, Aliou et Warren. Ne me regardez pas comme ça. Vous savez que ces blessés sont de votre fait. Vous avez trouvé des fusils, et vous les utilisez sans aucune idée des conséquences que cela pourrait avoir. Et pour régler quoi, une ridicule querelle personnelle ? En engrainant tous les jeunes de la ville ? Voilà à quoi vous choisissez d'user de l'influence que vous avez sur les autres ? Quelle satisfaction facile en tirez-vous ? Croyez-vous que je n'ai que ça à faire, parcourir la terre en long, en large et en travers, pour essayer de réconcilier une bande de petits chefs incapables de faire quelque chose de bien de leur charisme ?

— Oui, mais…

— Je n'ai toujours pas fini. Et en plus, vous avez choisi de faire ça ici, dans un lieu qui n'incarne rien d'autre qu'une tentative de reconstruction de la civilisation ? Qui donne à toute une population l'espoir d'un nouveau départ, d'une vie au-delà de la survie ? Laissez-moi vous le rappeler : le monde, aussi étroit soit-il, est encore assez grand. Et vous aussi. Alors si vous n'êtes pas capables de vous entendre, d'additionner vos forces plutôt que de les opposer, mais barrez-vous. Barrez-vous où vous n'aurez pas cet ennemi construit de toutes pièces dans le seul but de soulager vos petites jalousies et vos besoins de domination. Vous êtes des petits merdeux, et je vous conspue.

Il y eut un long silence, empli de désarroi, ainsi que d'un soupçon de honte, aussitôt refoulée. Dans ce flottement, il fallait s'attendre à tout.

— Vieille conne !

Celle-là, elle ne l'avait pas volée. Mais qu'était-ce, par ailleurs ? Une salve ? Et dans son corps, trois, quatre pointes ? Aussitôt muées en gouffres de douleur.

Esfir porta la main à son ventre. Un ruisseau tiède dégoulinait sur ses doigts, et plus rien n'existait autour. Oh si, tout compte fait, il y avait ces bruits bizarres en plein milieu, ces claquements qui la faisaient tressauter en une cadence désordonnée et qui résonnaient jusqu'aux tréfonds de sa tête.

Il fallait se taire. Se taire pour faire taire les bruits. Serrer les mâchoires pour maintenir l'immobilité. Comprimer la vie, pour ne pas le perdre. Ne pas répondre à toutes les questions qui surgissaient du dehors, et qui empêchaient le silence de venir et de l'envelopper, comme avait osé le faire l'obscurité. Esfir ne l'avait-elle pas mérité, pourtant ? Devait-elle encore le réclamer, comme elle le faisait à chaque instant, en son for intérieur, depuis son arrivée en ville ? Où était le silence ? Trop loin, trop tard. Ce silence chéri, c'était le silence exclusif du bivouac, de la solitude, de la toile nocturne tissée de néant.

Elle porta l'index à ses lèvres.

Retranscription de conversation, 21 mars 2070
~~Ukraine~~ « GT Est »
Julie Klitschko

— Merci d'avoir accepté de répondre à mes questions. Excusez-moi si l'entretien est un peu décousu, c'est la première fois que je fais ça.

— Tu ne veux pas poser ton fusil ? Tu n'en as pas besoin pour discuter, tu ne crois pas ?

— Oui, vous avez raison… Voilà.

— C'est mieux. Merci de t'intéresser à mon cas. Esfir, c'est ça ? À qui fais-tu tes rapports ?

— À personne ! Je fais ça par simple curiosité. Et aussi parce que je pense que c'est important. Pour la postérité de l'espèce ?

— Tu pourrais en faire un livre. « *Le jour où la terre continua de tourner.* »

— Vous croyez ?

— Tout comme toi, je pense que c'est important, de recueillir les histoires de notre peuple, de notre époque. On n'a pas la garantie d'échapper à l'extinction. Il faudra bien qu'il reste quelque chose de nous. On ne vaut pas moins que tous ceux qui nous ont précédés, non ?

— Je suis d'accord.

— Eh bien ? J'attends tes questions.

— Ah, oui, les questions ! D'abord, j'aimerais savoir… Avez-vous connu…

— Quoi ?

— Vous savez quoi.

— Les jours meilleurs.

— Oui.

— C'est une fable. Depuis l'aube de nos temps, nous humains ne faisons que souffrir et lutter.

— Mais il y a eu du confort, des loisirs…

— Du bonheur, tu crois ?

— À vous de me le dire.

— Vous nous en voulez, à nous les spoliés, comme nous en voulions aux boomers, qui en voulaient sans doute encore à ceux d'avant, pour une raison ou une autre… Nous mourrons, bientôt, et c'est à vous qu'on en voudra. D'un bout à l'autre de la chaîne, nous sommes tous responsables.

— Je ne vous ai rien reproché !

— Non ? Je te charrie. Et, oui, j'ai connu cette période, les « jours meilleurs ». Je suis née au début du siècle. J'ai eu une enfance confortable, fille unique dans un joli pavillon de banlieue avec un jardinet où fleurissait le gravier. Ça s'est vite gâté. Mes deux parents ont perdu leur emploi, puis ils ont divorcé, ont vendu la maison à perte pour éponger leurs dettes respectives, et à partir de ce moment-là j'ai vécu avec mon père. J'avais la chambre, il dormait dans le salon. Ça n'était pas le grand luxe, on mangeait des choses répugnantes achetées trop peu cher, mais il y avait Internet. Internet à domicile, jusqu'au bout de la nuit. Les jeux, les discussions, les défis, et ce puits sans fond dans lequel j'aimais plonger toujours plus loin, comme s'il y avait tout au bout de l'arc-en-ciel numérique un chaudron rempli d'or. S'il y avait quelque chose, en vérité, c'était une belle marmite de merde, mais j'y trouvais mon compte.

— Vous portez bien ce nom, les « spoliés ».

— Dans toutes les subtilités du terme. Mon père voulait que je fasse des études, que je m'assure un avenir dans ce monde de plus en plus difficile. Mais je n'en avais aucune envie. Je savais, comme beaucoup de gens de mon âge, que ce monde n'était pas difficile, mais impossible. Je n'ai obtenu aucun diplôme. C'était avant que la notion d'emploi ne devienne superflue, alors j'ai galéré un moment, comme tu peux l'imaginer. Manutention, livraison, microtâches, les yeux cernés et le corps ruiné dès trente ans.

— Toujours mieux que le seul « métier » valable aujourd'hui.

— Minute, j'y viens : puis il y a eu la guerre. Ou les guerres, j'en sais trop rien, quel foutoir. Une guerre économique et politique, d'abord, comme savent le faire les États depuis toujours. Et puis le Nord et le Sud ont fini par s'opposer dans leur première rencontre frontale, et je veux dire par là, aux frontières, véritablement.

— Vous vous êtes battue.

— Comment faire autrement ?

— Avec qui ? Contre qui ?

— Je ne me rappelle plus très bien, pour être honnête. Cela dépendait des jours. L'Europe ne pouvait pas résister longtemps à cette nouvelle réalité que dictait la marée des foules, mais elle devait faire semblant. Alors, ça a été sanglant, d'un sang invisible d'abord, puis de plus en plus voyant, jusqu'à faire déborder les mers et dégorger la terre. Aucun espoir d'une aube blanche. Et pourtant, me voilà devant toi aujourd'hui, presque bien nourrie. Qui sont les résistants, les tenaces, les survivants ? Sont-ils doués, ou simplement chanceux ? Un peu des deux, hein ?

— Vous oubliez un gros morceau de l'histoire, non ?

— L'exode ?

— Oui.

— Oh, celle-là, tu auras bien des occasions de l'entendre !

— Si vous le dites.

— Notre entretien est-il terminé ?

— Nous parlons depuis cinq minutes à peine, je ne vous ai posé qu'une seule question…

— Mais j'y ai donné plusieurs réponses, et tu les as écoutées presque sans m'interrompre, je t'en remercie. J'apprécie ta compagnie, mais c'est que j'ai des légumes à faire pousser, moi.

— C'est bref, mais c'est un début.

— C'est bien. Tu es quelqu'un de bien.

— Non, pas du tout.

— Ah bon ?

— Non, c'est pas ça…

— Allons, mon petit, c'est trop tard, tu as déjà commencé à parler.

— Balek ! Je ne suis pas quelqu'un de bien, c'est tout.

— Qu'y a-t-il ? Tu as tué, c'est ça ?... Je prends ce silence pour un oui. Et on en est tous là. La violence s'est imposée à nous, mais nous pouvons nous en défaire.

— Croyez-moi ou pas, je suis pacifiste. Mais même quand je crois me battre pour les bonnes raisons, je sais que je me mens, je sais que la violence a un autre moteur, là dans le creux de mon ventre.

— Une pulsion ?

— La même qui me pousse à blesser les gens que j'aime, à casser des bouts de leur âme. Cette planète me fait chier, et il faut que tout le monde paye pour ça. Comme si la douleur des autres pouvait soulager la mienne. Après avoir ajouté à l'entropie, j'ai surtout l'impression d'avoir agrandi les vides entre moi et le reste du monde.

— Pourtant, tes petits copains ne te quittent pas d'une semelle. Je t'ai vue, et je les vois. Ils et elles te suivent partout dans le quartier, avec leur arme et leur fidélité en bandoulière, et ils feraient n'importe quoi si tu le leur demandais.

— Mouais.

— Tu sais que je dis vrai. Tu sais ta responsabilité. C'est celle d'une meneuse, qui n'a qu'à prononcer deux mots pour changer la couleur d'une pièce et le cours d'une bataille.

— Et vous êtes en train d'imaginer que vous pouvez avoir ce pouvoir sur moi !

— Moi, tout ce que je peux te dire, c'est qu'il ne faut pas confondre violence et pulsion. La provocation n'est pas un problème. La question, c'est plutôt : qu'est-ce que tu choisis de provoquer ? En attendant d'avoir la réponse, laisse le silence s'occuper de ton cas. Quand tu sens que ça glisse, que tu vas avoir la parole ou le geste de trop, sors prendre l'air.

— Je ferais aussi bien de rester seule pour le restant de mes jours.

— Et vivre pleinement le drame ! Pourquoi ne pas quitter la ville, plus simplement ?

— Quitter la ville ? Mais j'aime être ici, ça ne fait que trois ans qu'on est là, je me suis fait des amis.

— Il y a d'autres amis, là-bas, avec d'autres souffrances à entendre, des vies différentes à consigner. Peut-être même que tu arriveras à en convaincre quelques-uns de partir avec toi.

— Mais je ne vais pas parcourir le monde pour le seul plaisir de remplir des disques et noircir des pages ! User de l'énergie, abuser de l'hospitalité des gens, leur ponctionner des vivres… pour ça ? Pour rien.

— Tu te trouveras une autre utilité en chemin.

— Mais le monde est dangereux…

— Oui ?

— Mais…

— Quel âge as-tu ?

— Vingt-deux ans.

— N'est-on pas censé ignorer le danger, à ton âge ?

— Je suis quelqu'un de très raisonnable.

— Sauf quand tu dépasses les bornes, hein ? Tant mieux. C'est exactement ce qu'il te faudra pour survivre au voyage… et au reste.

— Le voyage, le monde, les gens, le reste. Balek !

— Balek ?

— Ouais. On s'en fout, quoi. Vous connaissez pas ? C'est un mot qui vient de l'ouest.

— Balek. C'est avec ça que tu comptes faire la paix ?

— Je n'en sais rien. Pourquoi pas ? Elle va durer encore longtemps, la guerre ?

— Peut-être. La seule chose de sûre, c'est qu'elle ne se terminera pas comme par magie. Mais qui sait, à travers toi, un nouveau monde est-il peut-être en train de s'incarner ? Il n'a jamais cessé d'essayer, en tout cas.

VERS LES ÉTOILES

RIEN QU'UN SIGNE

Le lieutenant Tony Reynold ne manquait jamais de venir la récupérer à l'aéroport. Quand il avait appris qu'elle ne s'y trouverait pas à l'heure dite, il s'était empressé de partir à sa recherche. C'est ce qu'América déduisit en voyant le véhicule de service du siège qui l'attendait sur l'aire de stationnement, et qui dénotait dans la gare de vieilles navettes. Peut-être moins que les manières propres et distinguées du lieutenant.

— Madame Pérez, on ne m'a pas prévenu que vous aviez avancé votre vol. Je serais venu vous accueillir.

— Je suis arrivée hier soir, j'ai dîné chez des amis.

— Bien entendu.

Cette déférence d'un autre âge amenait un drôle de soleil, pâle mais réconfortant, dans la grisaille de Poutorana. Dire que ce plateau avait été l'un des lieux les plus isolés de l'ancienne Russie, une réserve naturelle intouchée sous la clarté nocturne des aurores boréales. Maintenant, avec ses cent mille habitants, l'endroit n'avait plus rien de sauvage. Et ici, comme sur l'ancien sol canadien où vivait América, il pleuvait continuellement. Étant donné l'état de sécheresse planétaire, on n'était pas autorisé à s'en plaindre. Et puis, sur la courte distance qui les séparait du véhicule, le lieutenant avait trouvé le temps de sortir un parapluie d'un geste preste, avec le port millimétré du soldat.

— Madame Pérez, je sais que la réunion doit démarrer sous peu, mais le représentant du GT Américain n'était pas encore arrivé quand je suis parti du siège. J'ai peur qu'il n'assiste pas à la rencontre d'aujourd'hui.

— Et je le comprends. Il en a assez de se déplacer pour rien, alors que les conflits de son Territoire sont résolus depuis longtemps. Nul doute que les trois autres passeront la réunion à rejeter la faute sur lui.

— Mais nous avons fait des progrès, n'est-ce pas ? La paix entre les Grands Territoires n'est-elle pas à portée de tir ?

La paix, à portée de tir ? América esquissa un maigre sourire. L'innocence toute martiale du lieutenant était touchante.

— Inutile de rêvasser à une issue, aussi proche semble-t-elle. Je ne relâcherai pas mes efforts tant que je n'aurai pas cet accord signé sous les yeux.

— C'est très professionnel de votre part, mais vous devriez vous autoriser l'optimisme.

— Sans quoi aucun de nos parents n'aurait consenti à procréer, et je serais privée du plaisir de me plaindre.

— Allez-y, América, je suis tout ouïe.

— Aujourd'hui, c'est rendez-vous avec madame Terreur, monsieur Attention, madame Lâchez-moi et, si on a de la chance, monsieur Pas-concerné.

— Les bien nommés.

— Des vassaux sélectionnés spécifiquement pour leur tempérament querelleur, au service de blocs aux idéologies fanées, ne possédant ni missiles, ni fusils, ni soldats, à la tête de populations plus assez nombreuses, plus assez nourries, et par-dessus le marché plus assez endoctrinées pour livrer bataille.

— C'est exact.

— Et qui continuent de se gratter les croûtes de l'ego, jusqu'au sang qu'aucun n'a bleu.

— Rien n'a changé depuis la dernière fois, en effet.

— Je me demande tous les jours la valeur qu'aurait cette paix, en vérité. Ne nous mentons pas : plus personne ne dirige rien, et certainement pas les « Great Territories ».

— La paix entre les GT n'en reste pas moins un enjeu de premier ordre, hautement symbolique.

— Vous avez raison, Tony. Ok, j'y vais.

— Je suis de tout cœur avec vous.

Ce curieux rituel, qui avait surgi spontanément quelques mois auparavant, lui donnait force et courage pour affronter les bêtes de l'ancien monde à l'agonie. Aussi mal en point qu'elles fussent, elles pouvaient encore mordre. Alors, ne surtout pas les froisser, ne pas leur rappeler que la guerre était plus une question de tradition que de réels intérêts, ne pas réveiller leurs vieux travers réactionnaires qui risquaient en un claquement de doigts de faire perdre toutes les victoires précédentes, si difficilement arrachées.

Pax omnium cum omnibus, annonçait la façade du siège, entre autres langues. La paix de tous avec tous. C'était la voie. Mais quand América entra dans la salle de réunion, les représentants du GT Ouest et du GT Est étaient assis, ou plutôt dressés l'un face à l'autre à la table, ce qui laissait présager du *bellum omnium contra omnes*. La représentante du GT Sud, par précaution, s'était mise en retrait. Et comme l'avait prédit le lieutenant, celui du GT Américain n'était pas là. América enclencha l'enregistreur, soupira un grand coup et entama les hostilités.

Quand elle sortit du siège de l'Organisation pour la Paix Universelle, quatre heures et demie plus tard, elle avait les larmes aux yeux et le cœur au bord des lèvres. Le lieutenant Reynold l'avait patiemment attendue. Elle s'échoua sur la banquette arrière comme une bouteille en plastique sur un rivage, résignée à un long avenir sans but et sans considération.

— Il faut tenir, América.

Ça n'était ni un ordre, ni une supplication. Les paroles avaient été prononcées avec douceur et fermeté, comme le constat d'une réalité qui s'offrait d'elle-même. Et c'était vrai. Le lieutenant méritait la paix, comme tous les passants qui jetaient des regards curieux au passage du véhicule. Tous ces gens qui avaient assez d'espoir pour se lever le matin, travailler, construire, se distraire, s'aimer, faire ce qu'ils avaient à faire. Ils avaient tous quelque chose qu'América n'avait pas. Du courage. Il en fallait pour accepter encore de vivre sur cette planète.

Le regard bienveillant qui se posait sur elle à travers le rétroviseur lui fit aussitôt oublier ses faux-fuyants. Dans un tel regard, América voulait bien exister, et continuer de venir à la table des négociations, encore et encore, jusqu'à se dissoudre dans la notion même de paix. Elle décortiquerait les mots, les gestes, les voix, jusqu'à en faire sortir tout le pus et tout l'or. Dès la prochaine séance, elle viendrait à bout du ressentiment, des haines factices, des prétextes fallacieux. Toutes les réponses étaient déjà là, quelque part, dissimulées.

Se redressant sur la banquette, elle attrapa l'enregistreur et lança la lecture du début. Car dès les premières minutes, tout avait dérapé.

06/10/2098 9:38

La négociatrice (Organisation pour la Paix Universelle) : Mesdames, Monsieur, voulez-vous échanger en langage standard universel ? Vos interprètes et moi-même pourrons bien sûr vous aider en cas d'incompréhension ou de besoin de clarification.

Safia Fanatoa (Grand Territoire Sud) : Avec plaisir.

Minh Ivanova (Grand Territoire Est) (*en russe*) : Hors de question. L'uni, ce n'est rien d'autre que de l'anglais.

Leo Coughlan (Grand Territoire Ouest) (*en anglais*) : Madame Ivanova se méprend. L'uni, c'est un anglais souillé par toutes les langues de la terre.

L'uni était tout cela, et rien de cela à la fois. Loin d'être unifié, c'était au contraire un dialecte multiple, fluctuant dans l'espace et le temps, mais grâce auquel les humains avaient réussi à dépasser le carcan de leurs origines éclatées pour communiquer durant les grands exodes. Les représentants des GT le savaient fort bien. D'ailleurs, ils avaient consenti l'effort de partager la langue, sinon le cœur, lors des trois séances précédentes. Une étape décisive, dont América était fière. Cette fois, pourtant, les deux interprètes s'étaient positionnés sur le pied de guerre avant même que les refus n'eussent été prononcés. Ce qui voulait dire qu'entre-temps il s'était passé des choses qu'on n'avait pas jugé bon de lui communiquer. C'était évident, les discussions entre GT continuaient en son absence, d'une manière ou d'une autre, par délégués et événements interposés. Son erreur ? Avoir pensé que les victoires passées pouvaient être considérées comme des acquis. Toute situation, aussi semblable à la précédente fût-elle, était toujours entièrement neuve, et demandait autant, sinon plus d'attention.

Et à partir de là, comment les choses auraient-elles pu s'arranger ?

06/10/2098 9:44

Leo Coughlan : Peut-on nous expliquer pourquoi le GT Américain n'est pas présent aujourd'hui ?

La négociatrice : Nos avancements du jour seront communiqués à monsieur Jim Alusma séance tenante, et nous pourrons réaborder les points nécessaires lors de notre prochaine rencontre.

Minh Ivanova : Ça ne répond pas à la question.

Leo Coughlan : Pour une fois, je rejoins madame Ivanova.

Minh Ivanova : Alors ? Allez-vous nous donner une explication ?

La négociatrice : Eh bien… Pour tout vous dire…

Safia Fanatoa : C'est très simple, en vérité : monsieur Jim Alusma pratique la politique de la chaise vide.

La négociatrice : En effet, monsieur Alusma n'a pas souhaité participer à la réunion, compte tenu de…

Leo Coughlan : Monsieur Alusma s'accorde le luxe de la chaise vide !

Minh Ivanova : Comme si nous-mêmes étions là par plaisir.

Safia Fanatoa : Pour tout vous dire, je partage son sentiment. J'ai moi aussi hésité à venir aujourd'hui. Ces dernières semaines ont fait la démonstration du peu d'efforts fournis par les GT Est et Ouest pour respecter les maigres avancées signées ici même.

Son erreur ? S'être précipitée au siège sans prendre le temps de passer voir le représentant du GT Américain pour tenter de le ramener à la table des négociations. Sans lui, pas d'entente commune, pas de signature. Avant même d'avoir démarré, cette belle débâcle n'était que partie remise. Les heures qui avaient suivi, faites au mieux de tergiversations, au pire de retours en arrière, en avaient apporté la preuve. Mais il fallait avancer jusqu'à trois heures vingt-six pour entendre le clou du spectacle.

06/10/2098 13:04

La négociatrice : Y a-t-il un autre sujet que vous souhaitez aborder aujourd'hui ?

Minh Ivanova : Vous faites bien de poser la question – en effet, il y en a un. Nous voulons qu'on nous rende nos parcs nationaux. Poutorana, Yuganskiy, Bachkirie. Et notre capitale, Moscou. Ainsi que les six millions de kilomètres carrés qui ont été dérobés à la Russie voilà vingt-cinq ans de ça.

Leo Coughlan : Madame Ivanova ne semble guère se rappeler que la transformation de ces réserves naturelles en zones neutres a été proposée fort raisonnablement par son prédécesseur, pour apporter un apaisement à neuf années d'une guerre insoutenable entre son Grand Territoire et le nôtre.

Minh Ivanova : Une humiliation supplémentaire. Nous n'avons jamais reconnu « votre » territoire. Il est nôtre, il l'a toujours été. L'Histoire a trop de fois trahi le peuple russe. Dire que nous étions prêts à accueillir tous les réfugiés, sans distinction d'origine !

Leo Coughlan : Tous les réfugiés ? Disons seulement les plus offrants.

Minh Ivanova : L'Europe, même en pleine débâcle planétaire, ne voyait que ses intérêts, ne pensait qu'à accaparer des territoires. Une vieille habitude, commise avec la complicité de tous les autres.

Leo Coughlan : De qui vous moquez-vous, madame Ivanova ? De plus, je regrette, mais le monde a convenu, il y a longtemps, que l'Europe seule, amputée des deux tiers de son territoire à cause des dérèglements climatiques, n'aurait jamais pu avoir les épaules assez solides pour à la fois accueillir l'Afrique tout entière et conserver sa dignité culturelle. Nous n'avions pas d'autre choix que de nous déplacer.

Safia Fanatoa : Je me permets de vous rappeler que l'Afrique et ses alliés du Sud s'en sortent très bien sans vous, merci.

Son erreur ? Être restée spectatrice de cette glissade aux enfers, trop éberluée pour réagir. Quant à la demande du GT Est, qui avait mis le feu aux poudres, c'était un refrain cent fois entendu au cours des derniers mois. Les trois zones neutres en question, établies le long de la frontière qui s'était « naturellement » formée dans les années précédant la création des Grands Territoires, avaient redonné espoir à toute la planète. D'ailleurs, les quatre GT l'avaient eux-mêmes admis quelques semaines auparavant, Est en tête. Élan de courte durée. L'esprit de vengeance, vieux travers bien ancré, avait ressurgi. L'important, ce n'était pas de gagner, c'était que l'autre perde quelque chose. Vingt-cinq ans après, le problème paraissait insoluble. Et c'était pourtant à América de le résoudre. Au nom de quoi ? De la Paix Universelle, une organisation non gouvernementale au dessein noble et aux origines hasardeuses, à laquelle elle ne rendait certes pas honneur.

Coup de grâce, quand le photographe en titre était entré au débotté dans la pièce pour immortaliser la rencontre, elle avait oublié d'éteindre l'enregistreur. Cela aussi, elle le réécouta.

06/10/2098 13:42

Safia Fanatoa : Cela suffit ! Nous rassembler autour de cette table n'est qu'un prétexte à prendre des photos. Et jeter de perfides monologues d'un bout à l'autre de la pièce. Je ne suis pas venue pour ça. Je ne veux plus traverser le globe pour subir ces incessants caprices. Quant à vous, madame Pérez, représentante de « La Paix », vous devriez peut-être songer à vous retirer de la négociation. Constatez-le : nous sommes dans une impasse.

La négociatrice : Mais je ne suis là que depuis dix mois… Mon prédécesseur est resté deux ans.

Safia Fanatoa : Et celle d'avant, cinq. Avec les résultats fameux qu'on connaît. Comme les diplomates d'autrefois, les travailleurs du conflit doivent être régulièrement recyclés.

La négociatrice : Je vous assure que je déploie tous les efforts possibles pour en finir au plus vite. Nous avons tous envie d'en finir au plus vite.

Safia Fanatoa : Si c'était le cas, pourquoi serions-nous encore ici ? Non, je crois que vous y prenez un malin plaisir, tout tordus que vous êtes. Mais rappelez-vous qu'il y a des gens qui ont envie d'aller de l'avant, sur cette fichue planète. Le XXIIe siècle est là qui nous attend. Je vous préviens : trouvez une solution maintenant, ou la prochaine fois je rejoindrai le GT Américain au club des chaises vides.

América n'avait nul besoin d'écouter les bredouillements qui suivaient, ils lui revenaient spontanément aux lèvres, en même temps que les larmes, qu'elle rabroua.

— Puis-je vous faire remarquer que sur quatre heures d'enregistrement, vous n'écoutez toujours que les dix pires minutes ?

Le lieutenant avait sagement attendu qu'elle termine sa séance de torture pour oser un commentaire.

— Comment pourrais-je m'améliorer, autrement ?

— Vous pourriez aussi vous appuyer sur vos réussites. Il est beaucoup plus facile de renforcer ce qui fonctionne déjà. N'y a-t-il pas deux ou trois choses que vous avez bien faites, lors de cette séance ?

Un esprit bien intentionné aurait pu, en effet, repasser ce moment, à quarante-cinq minutes, quand América avait réussi à mettre les GT Ouest et Est d'accord quant aux règles régissant la cueillette des baies sauvages et des ramilles de bois dans les bandes de tension le long de la frontière. Ou bien, à deux heures dix, quand ils avaient admis la réalité d'une coopération forte entre populations rivales, une semaine plus tôt, pour endiguer un glissement de terrain. Un ami lui aurait rappelé que deux GT sur quatre étaient dans une position de transformation, et tellement prêts au changement qu'ils en trouvaient l'attitude des deux autres insupportable. Vue de cette manière, l'absence de l'un d'eux à la réunion du jour n'était-elle pas un signe positif ?

Mais c'était difficile de se concentrer sur autre chose que les erreurs, les douleurs, les obstacles. Il ne paraissait y avoir que cela en ce monde, en ce temps.

— Désolée de vous l'annoncer, madame Pérez, mais nous allons être obligés de faire le grand tour ; une sévère éruption solaire complique le passage au-dessus du pôle. Je préfère être prudente. Enfin, vous savez, il y a déjà eu pas mal d'accidents ces derniers mois, on parle d'une année noire, et…

— Bien entendu, faites au mieux.

— Estimation de l'heure d'atterrissage sur le sol ex-canadien du GT Américain : seize heures cinquante.

Le grand tour. Comme si la journée n'avait pas été assez mauvaise.

À chaque décollage, tandis que la piste, les toits, les bois rapetissaient à vue d'œil, América visualisait les tonnes de kérosène se répandant dans l'atmosphère, les décennies de carnage environnemental, et les masses informes d'individus se mouvant d'un bout à l'autre de la planète, pour aller y serrer quatre mains ou se faire dorer la pilule. Aujourd'hui, tout était différent. Les appareils planaient sur une grande partie de la distance, et, de toute façon, quasiment plus personne n'utilisait ce moyen de transport. Les instances avaient décidé qu'elle faisait partie des rares personnes autorisées à prendre l'avion. Pourtant, au moment où les roues s'arrachaient du tarmac, la légère chatouille au fond de son ventre s'accompagnait toujours d'autre chose : une gêne. Certainement rien de plus que le lot de naissance de sa génération.

Ces réflexions n'allèrent pas plus loin que le décollage. Quand on n'empruntait pas la route du pôle, mieux valait détourner les yeux du hublot et se garder de penser au monde extérieur. Dehors, il n'y avait que la mort. Heureusement, l'avion volant à haute altitude, on n'en distinguait pas trop les détails. Mais on devinait. Des nécropoles à ciel ouvert, calcinées par le soleil, d'interminables ossuaires d'arbres pétrifiés sur place, et toujours ces mortelles étendues d'ocres et de gris, sur lesquelles, même à dix mille mètres du sol, on croyait parfois voir les ondulations de chaleur. Le reste du temps, c'était des nuages, une nappe uniforme. C'était mieux. La première fois, América s'était fait prendre au piège du hublot et avait passé huit heures les yeux collés à la vitre, les joues marbrées de larmes, à se demander ce qu'elle aurait pu faire de mieux pour éviter tout ça. Rien, à l'évidence. Elle était née beaucoup trop tard pour espérer faire quelque chose.

Aussitôt passée la porte de son domicile, América se déshabilla en vitesse pour ranger ses vêtements dans l'armoire de l'entrée. Elle était convaincue qu'en les camouflant là, dans la minute, ils ne prendraient pas les odeurs de poubelle et de moisissure qui régnaient dans le reste de l'appartement. Avant de l'enfermer, la négociatrice examina sa tenue du jour. Pas de tâches notoires. Parfait. La prochaine lessive n'étant que dans une semaine, elle devait être particulièrement attentive. En revanche, les précipitations ayant été suffisantes, comme souvent sur cette terre spongieuse, c'était jour de douche. Cela tombait comme une bénédiction, et elle se dirigea droit vers la salle de bains.

Le rat s'était mis à couiner dès qu'il avait entendu la clé tourner dans la serrure. Plusieurs semaines auparavant, América l'avait surpris en train de dérober des barres de céréales sur le rebord de l'évier, mais elle n'avait eu le cœur ni de le tuer ni de le chasser. Depuis, il avait installé son nid quelque part au creux du canapé. Cela aurait été gênant, si América avait eu de la visite. Mais elle n'avait pas attendu qu'un rat élise domicile chez elle pour éviter de montrer son intérieur. Non pas que ses collègues et amis fussent mieux logés qu'elle, mais elle avait une fâcheuse tendance à laisser s'amonceler la vaisselle et la poussière aux quatre coins de la pièce, ce qui n'était pas du meilleur effet.

Le corps fumant de vapeur, elle s'affala sur la banquette.

— Pas mort en mon absence, Couic ?

— Couiii couiii !

— C'est aussi ce que je me disais.

Après avoir toléré la présence du rongeur, elle en était maintenant au stade où elle essayait de l'amadouer avec des morceaux de biscottes rassies. Mais l'animal était encore farouche. Cette fois, il ne daigna même pas montrer le bout du museau et se contenta de rester sous le canapé à chouiner.

— Je t'entends bien, Couic, et moi non plus, ça ne me fait pas marrer de me farcir ces allers-retours en vain. Il paraît que ce sera bientôt terminé. Du moins, c'est ce que tout le monde raconte. Le seul problème… C'est que tout ça dépend de moi.

Elle vérifia le terminal. Pas de nouveaux messages. Elle était à ça de lancer un « appel », mais elle se retint. Elle n'avait rien pour le justifier, et son contact, son « correspondant », comme il le lui avait maintes fois répété, ne lui pardonnerait sans doute pas cet écart.

Du bout du doigt, elle lança une chaîne d'infos, mais l'écran resta désespérément bleu. Peu motivée à l'idée de regarder pour la énième fois l'un des films de sa collection, América se contenta d'éteindre le moniteur et d'en fixer la surface, luisante de vide.

— Franchement, Couic, je me demande ce que je fous là, dans cet espace-temps.

— Coouuuii !

— À quoi bon essayer de réconcilier ces quatre-là ? Je veux dire, les « Grands Territoires ». Est-ce que l'enjeu est si crucial que ça, au fond ? Est-ce que l'enjeu est réel ? Enfin, tu sais…

— Coui ?

— Parfois, j'ai l'impression de vivre dans un gigantesque délire. Mon propre délire, ou celui d'un autre fou. Et le pire, tu sais quoi, c'est que je ne saurais même pas dire sur quelle planète ce fou habite !

Au bout d'une ou deux heures d'ennui, la connexion revint. Le visage dépassant tout juste des couvertures, enfoncée au fond du sofa dans le sauna de sa transpiration, América n'y tint plus. Ces dernières semaines, à Fort Providence, la connexion avait été trop mauvaise pour espérer des échanges vocaux. Les privilégiés n'étaient pourtant pas nombreux sur la ligne, mais un satellite échoué était un satellite échoué, et la redistribution des attributions avait comme d'habitude pris du retard. C'était d'autant plus agaçant que son interlocuteur était capable de la joindre en n'importe quelle circonstance, mais que, pour une raison étrange, l'inverse ne fonctionnait pas. Ce soir, cependant, América se sentait chanceuse. Elle lança un appel. Sans aucune raison valable de le faire. Mais une solitude trop poisseuse lui dégoulinait dans le creux du dos. Et auprès de qui allait-elle trouver du réconfort ? Couic ? Quoiqu'à bien y penser, Couic avait beaucoup plus en commun avec elle que son interlocuteur. Ou interlocutrice, ça n'avait jamais été très clair.

Il y avait toujours un petit temps mort, au début, rempli d'un étrange sifflement dont la fréquence faisait résonner un point très précis derrière les tempes. Puis la voix s'élevait, et bien qu'América y mette tous les efforts, elle ne parvenait pas à la différencier d'une véritable voix humaine. La seule chose qui la trahissait, ce n'était pas le timbre, mais certaines formulations. Et puis, bien sûr, il y avait ce décalage entre chaque réponse, un silence qui laissait fourmiller l'univers en des dimensions peu recommandables.

— Madame América Pérez, avez-vous des nouvelles à annoncer à ma personne ?

— Aucune annonce officielle, mais les négociations pour la paix progressent bien. Je crois que nous en sommes très proches.

— Depuis deux ans que nous sommes en contact, vous avez accompli un extraordinaire travail. C'est davantage que tout ce que nous avons espéré.

— Je suppose que je dois le prendre comme un compliment.

— Bien entendu, comment devez-vous le prendre autrement ?

— Je vous ai déjà parlé du sarcasme.

— Oui. Ma personne, je ne faisais pas du sarcasme.

— Tant mieux. J'ai bien assez à supporter avec mes pairs pour me faire en sus snober à des milliers d'années-lumière de là. D'ailleurs, puisqu'on en parle… C'est une question qui me taraude depuis le début…

— Demandez et je vous répondrai, dans la mesure du possible.

— Nous pouvons discuter en quasi simultané. Ce qui veut dire que vous n'êtes pas loin de notre système solaire.

— Il y a nettement plus rapide que la lumière, pour transmettre quelques miettes d'information. Et puis, vous savez, le temps…

— Qu'a-t-il, le temps ?

— Le temps est une notion relative, mais vous devez déjà être au courant. Cependant, je m'excuse, mais je ne comprends pas l'objet de votre appel. Avez-vous besoin d'aide ?

— C'est-à-dire que… je doute.

— De quoi doutez-vous ?

— De votre existence.

— À nouveau ?

— Je ne voudrais pas trop vous en demander…

— Nous sommes déjà passés par là. Je vous ai donné plus d'une fois la preuve de notre existence. La dernière fois, selon votre propre demande, nous avons diffusé une image sur tous les écrans du monde en simultané.

— Mais c'était il y a plus d'un an…

— América, je sais que même avec un système de mémoire sélectif et parcellaire, un humain est capable de se souvenir avec précision d'événements lointains. En particulier quand l'événement est « mémorable ». De plus, de nombreux articles de presse et témoignages en attestent encore. Lorsque la paix sera achevée, tout sera clair, et vous serez mise en contact avec les autres correspondants.

— Les autres correspondants…

— Vous le savez, en dehors de la fiction, on peut rarement compter sur une unique personne pour sauver le monde.

— Qui sont-ils ?

— Vous le saurez.

— Et si nous n'atteignons jamais le premier jour de paix ?

— C'est… une possibilité. Pour ne pas vous mentir, c'est même probable.

— Combien ? Combien de vos « planètes à potentiel » parviennent-elles au premier jour de paix ?

— Le nombre ne vous dira rien. On peut dire que parmi les planètes à potentiel, c'est du cinquante-cinquante. Et pour ce qui est du total des planètes habitées… Le chiffre vous fera peur. Dites-vous que vous êtes dans le haut du panier, ok ?

— Et si la paix n'arrive pas, passerai-je le restant de mes jours dans le doute, à me ronger le cerveau en me demandant si mon existence inclut la moindre once de réel ?

Il y eut un long silence. Était-il possible de les prendre par les sentiments ? Ça valait le coup d'essayer.

— Peut-être, un truc de votre cru… Un flash lumineux, par exemple.

— Vous parlez de ça comme d'une bagatelle. Attendez un instant… Voilà, c'est parti. Vous allez recevoir ça d'ici une quinzaine de jours.

— Et c'est tout ?

— C'est tout. En attendant, je peut-il faire autre chose pour vous ?

— Non. Merci beaucoup. J'en ai vraiment besoin, vous savez. Parfois… j'ai l'impression de devenir folle.

— Oui, moi aussi, tous les jours.

C'était bizarre, peut-être la première fois que son interlocuteur se départait de son professionnalisme, de son paternalisme distant.

— Non, je veux dire, réellement folle.

— Oh.

Il y eut une pause à l'autre bout de la ligne.

— Mais vous sentez-vous capable de poursuivre la mission ?

— Ça ne vous dérange pas que je sois givrée ?

— Je n'y vois pas d'inconvénient, tant que vous fournissez tous les efforts pour atteindre les objectifs que nous avons fixés ensemble. Mais si vous ne vous sentez plus d'attaque, dites-le tout de suite. Le processus pour trouver un nouveau correspondant peut être long.

— Non, non, je veux m'en occuper. Je PEUX m'en occuper, quel qu'en soit le prix !

Un tel accès de zèle surprit América elle-même. À bien y réfléchir, ne venait-elle pas de se faire rondement arnaquer ? Ne venait-elle pas de demander à ce… cette… type l'aval de sa propre folie ? Elle en ressentait de désagréables picotements.

— C'est quoi votre nom, déjà ? SssaaAAoOeeeuugue ?

— Xả~Ög.

— Ouais, je n'ai toujours pas compris comment ça se prononce. Allez, Zaeugue, salut.

Cons d'aliens.

NOS EXISTENCES STELLAIRES

Figé devant son interface, Xả~Ög se répétait son nom en pensée, tâchant d'en cerner tous les accents. Iel avait pourtant fourni de grands efforts pour en faire une retranscription fidèle en utilisant les alphabets humains. Un seul ne suffisait pas, et iel avait dû piocher dans différentes langues, ce qui suscitait sans doute le désarroi de cette correspondante. Il faudrait tenter de lui en donner une retranscription phonétique, mais même cela ne suffirait pas à en exprimer toutes les subtilités. Par ailleurs, son nom n'avait aucune importance. Encore une drôle de coutume humaine. C'était touchant pour Xả~Ög, qui portait un nom tout à fait banal : Xả, « enfant de », Ög, l'une des mères les plus appréciées de son temps, le tout assorti d'une marque… d'une marque de honte. Mais cela, fort heureusement, la Terrienne ne le savait pas.

À chaque fois, les conversations avec les correspondants lui donnaient ce que les humains auraient appelé des sueurs froides. C'est qu'il fallait dignement représenter le Pacte Galactique, c'est-à-dire, en toutes circonstances, passer pour quelqu'un d'intelligent, d'un peu supérieur, mais toujours bienveillant. Tout l'opposé de sa perception d'iel-même, mais c'était les consignes. Quant à la mininova, ça, c'était vraiment déconseillé. Non seulement ça coûtait cher, mais en plus, ça n'avait pas prouvé son utilité. D'ailleurs, les *bruits couraient déjà dans les couloirs* et jusque dans le creux de ses récepteurs : c'était le problème, quand on avait l'ouïe fine, en plus de collègues qui ne faisaient rien pour se montrer discrets. Le sarcasme, contrairement à ce que la correspondante avait l'air de croire, n'était nullement un apanage humain.

— Xả~Ög, une mininova ! Tu ne te refuses rien.

— Ce n'est pas de sa faute si les humains cherchent sans arrêt des preuves.

— Je suis désolé, je ne voulais pas perdre la face…

— Ne t'inquiète pas, ça nous arrive tous un jour ou l'autre.

— Oui, je me rappelle encore de ma première…

L'échec n'en était pas moins douloureux. D'autant plus qu'il était appuyé à l'autre bout du bureau par les mots de R Farloch, en contact en ce moment même avec l'équipe de coordination des Ressources. Malgré l'éloignement de son poste de travail, Xả~Ög entendait jaillir les moindres ondes de son collègue. Il tâchait de se faire discret, mais quand il était nerveux, il ne pouvait s'empêcher de claquer des mandibules, ce qui avait tendance à réverbérer toutes les vibrations alentour.

— Oui, je sais, cette action révèle une nouvelle fois les limites de sa compétence… Non, nous ne retiendrons pas cela sur ses crédits… Je vous assure, il ne réagit pas à ce genre de stimuli. Non, cet écart ne représente rien pour le Bureau, la majorité des ambassadeurs savent garder leurs neurones et leurs dactyles loin des touches coûteuses… Écoutez, la Terre était une planète à faible potentiel, il n'y a pas grand-chose à perdre, vous le savez… À ce stade, je ne vois aucune raison de congédier X. Chacun est en droit de faire ce qu'il aime, et X aime son métier. D'accord, merci de votre patience. Pour X, merci.

Résumer quelqu'un à son premier phonème, c'était considéré comme pire qu'une humiliation, pour l'espèce de Xả~Ög. Mais pas pour celle de R Farloch, en témoignait l'initiale de son nom. Le faisait-il consciemment, par méprise, par impatience ? Et s'iel le lui demandait, cesserait-il ? Peut-être. De toute façon, Xả~Ög n'était pas censé avoir entendu ça. Et iel n'aurait même pas voulu l'entendre, pas plus que le ton sincèrement désolé de son camarade, qui ne s'était pas montré mesquin, mais qui l'avait au contraire défendu avec aplomb. À quoi bon être doté de capacités supersensorielles, si c'était pour mieux expérimenter sa propre médiocrité ? Ce que l'embarras de R Farloch disait, c'était la vérité pure : Xả~Ög était un *gros nazebroque*.

— Xả~Ög, je suis au regret de t'annoncer que les actions spéciales de ton panneau ont été désactivées. Tu as utilisé… comment dire… toutes tes *cartes joker*, c'est bien ça ?

C'était presque étonnant d'entendre R Farloch faire référence à la culture terrienne. C'était inquiétant, surtout, car cela voulait dire qu'il suivait vraiment le dossier.

— Mais les humains demandent sans cesse des preuves…

— Écoute, tu sais que c'est une question de coût, mais aussi d'efficacité. La paix, c'est d'abord une question de motivation interne. Le Pacte Galactique n'est ni une *carotte*, ni un *bâton*. Nous apportons des outils, des conseils, nous faisons grandir les éléments prometteurs. Mais si les humains ne sont pas capables de discerner leur propre intérêt, nous ne pouvons pas le faire pour eux. Xả~Ög, je sais que c'est dur à entendre…

— Laisse tomber. J'ai cessé d'y croire quand les premières îles habitées ont disparu sous la montée des eaux. Marshall, Maldives, Kiribati… Quel espoir reste-t-il pour le navire quand la mer a submergé le pont ?

— Pourtant, ces événements dramatiques ont apporté des avancées notables pour le droit humain. C'est là, pour la première fois, qu'ont émergé des états déterritorialisés. Alors que le sol avait jusque-là constitué un socle indispensable au concept d'État. Des peuples ont pu conserver leur place dans les instances mondiales, leur nationalité, leur identité, leur droit à l'existence, sans aucune terre. Cela a ouvert des brèches dans la théorie politique humaine dominante.

— Et des exploiteurs en ont tout de suite profité pour ouvrir des brèches dans le droit international, en montant leur propre État pour éviter tout impôt et toute responsabilité.

— Où en sont-ils aujourd'hui ?

— Vivants. Beaucoup d'entre eux sont vivants.

— Tu es amer. Tu as le sentiment que depuis que nous observons les humains, depuis leur sortie dans la stratosphère, il n'y a eu aucun progrès ? Que depuis que nous avons pris contact avec les premiers correspondants au début du XXIe siècle, les choses n'évoluent pas assez vite ?

— Tant d'entre eux ont échoué, douté…

— Mais que représente l'échelle d'une vie, de n'importe quelle vie de cette galaxie, au regard d'une civilisation ? Observe tout ce qu'il s'est passé en un siècle terrien. Goûte à chacune des victoires remportées, qu'elles fussent ou non de notre fait : le rejet grandissant de la violence directe au sein des populations, la quête systématique d'alternatives pacifiques entre puissances, la formation des Grands Territoires – aussi imparfaits soient-ils, ou encore les millions d'émissaires qui ont essaimé au cours des dernières décennies… Et puis, écoute-toi. Tu as eu pitié de cette correspondante, ce n'est pas grave.

— Ce n'est pas grave, mais ce n'est pas terrible.

— On n'est là que pour rencontrer l'autre en soi. Aujourd'hui, tu y as trouvé ce que tu avais besoin de voir. La prochaine fois, tu feras peut-être un pas de plus dans sa direction.

— Ok, R, je prends note. Tu sais, je ne suis plus à un échec près.

— X … N'oublie jamais que tu n'es pas tes échecs, d'accord ?

Ignorant ce futile encouragement, Xẩ~Ög se redressa dignement, secoua son manteau et *tourna les talons* comme il convenait de le faire en pareille situation.

Plusieurs cycles standard plus tard, iel pensait encore à cette discussion et à América Pérez, plus particulièrement à son état de santé mentale. Allait-elle bientôt, elle aussi, perdre la raison ? Avait-iel fait une autre erreur de casting ? Dans le groupe, plusieurs correspondants déjà avaient flanché, mettant la mission en péril à grand renfort de déclarations médiatisées. Fort heureusement, ils avaient rapidement fini aux oubliettes, c'est-à-dire, la plupart du temps, dans un asile, où leur voix ne portait plus. Le comportement d'América, ces derniers mois et encore plus ces dernières semaines, ne présageait rien de bon. Xả~Ög n'arrivait pas à comprendre cette humaine. Ses aspirations profondes étaient alignées avec l'objectif, mais elle traitait toutes ses négociations diplomatiques avec détachement, si ce n'est un peu de lâcheté. Il aurait fallu une cohorte de savants pour tenter de percer les mécanismes mentaux terriens à l'œuvre dans toute la complexité de leurs embranchements tordus. Xả~Ög y songeait en laissant divaguer ses récepteurs sur l'arrière-plan de son interface, où défilaient en transparence différents astres du Pacte : les anneaux d'An'kor 78, les quatre lunes de vvnnMxxi, la tempête perpétuelle de PEG-SBDR0-S65409-P4… Non, décidément, comment aurait-iel pu les comprendre ?

Iel quitta les locaux pour aller se réfugier dans les jardins de la station, au clair de Sandor. À cette heure, la planète mère baignait dans une lumière rosée, celle de l'étoile compagne du système. Ses rayons faisaient par moments scintiller des volutes de nuages nacrés, amoureusement enlacées au-dessus d'une mer paresseuse. L'atmosphère de Sandor était plus belle vue de l'espace, se convainquait souvent Xả~Ög, tout en adoptant dans sa peau, mimétique, les miroitements de la surface. L'intérêt de la capacité de camouflage étant minime pour un modeste employé de bureau, Xả~Ög, comme bien des membres de son espèce, en avait trouvé une tout autre utilité. La fusion. C'était du plus bel effet lors des performances artistiques. Et quand on n'avait pas de public, comme ce soir, l'univers tout entier devenait votre berceau et votre confident…

— Waouh ! Superbe !

— Non… Je… C'est-à-dire…

— Excuse-moi, je ne voulais pas t'interrompre ni t'importuner. C'est juste que je passais par là, et puis je t'ai deviné sur la paroi, et, franchement, ça m'a paru plus beau encore que la surface véritable de Sandor, si vivant ! Souvent, les tiens sont du genre extraverti, alors je ne pensais pas te mettre mal à l'aise. Mais peut-être que je ne connais que des mimétiques extravertis ? Peut-être que je ne connais que des extravertis. J'adore. C'est d'une générosité extraordinaire d'accepter de se laisser regarder dans toutes ses dimensions. Tout ça pour dire, j'aime bien les couleurs. Enfin, je ne t'apprends rien, c'est dans ma nature… Refouler la couleur, c'est le coup à partir en dépression. J'ai un cousin qui s'est fait tatouer toute la surface du corps à l'encre noire. C'est dur, pour la famille. Au fait, moi c'est elle, et mon nom c'est Sh'kaxi.

L'individue chatoyait d'une palette que Xả~Ög iel-même ne pouvait totalement appréhender. Pas plus que le débit de ses paroles, qui n'en finissait plus de s'épandre dans toutes les directions. Le nom de l'espèce lui échappait, mais iel se rappela que la Terre avait abrité ce genre de spécimen bariolé, dans une version certes moins volubile. Il faudrait se renseigner plus tard dans le Codex, car Xả~Ög n'osait pas poser la question, fort naturelle au demeurant, quand on cohabitait au quotidien avec quelques milliers d'espèces intells. Étrangement, il lui semblait beaucoup plus facile de s'immiscer dans les affaires personnelles de son prochain.

— Qu'est-ce que tu fais par ici ?

— J'aime beaucoup ces jardins, même si d'habitude je préfère aller à la grande piscine : plus de gens, plus de couleurs, plus d'ondes ! Mais bon, là, j'avais besoin de torpeur. Et tu sais quoi ? Je ne me souviens plus exactement pourquoi. Rien de précis, des contrariétés, des pensées invasives, des petits tourbillons, enfin, tu vois le genre. J'étais en quête de calme. Bon, pas tant que ça, puisque je suis en train de t'ensevelir de paroles. Je peux m'installer avec toi ? Je te jure que je me tairai.

C'était vrai. Une fois qu'elle fut installée dans l'alcôve, elle ne prononça plus un mot, ne provoqua plus aucun remous. Sa posture et son expression s'étaient décontractées tout d'un bloc, et Xả~Ög ne la discernait presque plus au milieu de la végétation foisonnante. Dans sa profonde stase, seuls miroitaient ses yeux grands ouverts. C'était comme si elle s'était mise en veille. Une relaxation telle que Xả~Ög ne put ressentir une once d'inquiétude. Bientôt, l'atmosphère tout autour s'apaisa, et iel put reporter son attention sur la surface veloutée de Sandor, qui prenait une teinte plus crue à mesure que l'étoile compagne s'inclinait devant l'étoile primaire.

Ça n'était pas pour rien que la planète était surnommée la perle d'or du secteur du Diadème. Lovée dans un repli charmant du deuxième bras spiral, elle attirait à elle tous les vacanciers en mal de délicatesse, qui venaient se réfugier dans les nuées tièdes et sucrées de ses sommets. Rien à voir avec la Terre, son patchwork continental sur fond intense d'océan, ses immensités hostiles… Hostiles pour l'humain, mais Xả~Ög connaissait deux ou trois espèces prêtes à plonger sans ambages dans ses eaux ou sous les grains torrides de ses déserts. Même pour iel, cela restait largement supportable. Et puis, quand la Terre se serait soignée de cette vilaine maladie qu'était la violence, quand la Terre aurait fait la paix… *Si* la Terre faisait la paix, elle entrerait dans une nouvelle ère, stellaire, et oublierait vite les tourments passés. L'héritage plastique, toxique et carboné serait nettoyé de la surface et des profondeurs, les déchets nucléaires pris en charge pour retraitement. Ces désagréments ne seraient plus qu'un détail infime dans l'Histoire, au même titre que les luttes, les conflits, les errances. Ne resterait plus que l'espace, l'espace grand ouvert.

Rejoindre le Pacte était une étape essentielle pour toute civilisation digne de ce nom. Un premier pas, ridicule, dans l'après gigantesque. Car dans la Galaxie on était libre d'accomplir ce qu'on voulait. Il y avait des opportunités pour toutes les ambitions et pour tous les rêves. Pour les explorateurs comme pour les flâneurs, les bâtisseurs, les bidouilleurs, les négociateurs, les médiateurs, les amoureux du sol désirant seulement un bout de terre à soi loin de toute considération céleste, et même, dans l'arène des confins, pour ceux qui n'avaient d'autre passion que de se mettre sur la tronche. « Toutes sortes de voies pour toutes sortes de tempéraments », comme le soulignait très justement l'agence galactique d'orientation sur les affiches de promotion qui bordaient les tours orbitales du système.

Vivre pleinement sa vie, réaliser son potentiel, voilà la promesse. Et quand Xả~Ög avait reçu la réponse favorable du Bureau des Planètes à Potentiel, iel avait sincèrement cru que c'était là ce qu'iel avait attendu depuis toujours. Un rôle important, utile. L'occasion tant rêvée de donner un sens à sa vie. C'était là un dessein encombrant, mais commun à tous les êtres doués d'autoréflexion : ne pas exister en vain dans cet univers qui, pourtant, l'était. Alors, pourquoi ce vide ?

RÉSOLUTION

— Ne désespérez pas, América. La prochaine sera la bonne.

— Cette fois, vous avez peut-être raison.

Le lieutenant Reynold se figea. Ses encouragements tenaient largement de la formule de politesse, mais le ton de cette réponse l'avait surpris.

— Vraiment ?

Il n'y avait aucune raison de penser que la prochaine fois serait la bonne. Cela faisait des mois que la situation était sur le point de basculer vers une issue positive, mais aucune résolution ne venait pourtant. À force d'être retenu, le souffle avait bleui. On s'approchait tranquillement de la suffocation. América devait pourtant donner une réponse au lieutenant, qui lui aussi commençait à pâlir d'être resté trop longtemps suspendu à ses lèvres.

— J'ai demandé un logement à proximité du siège. Monsieur Reynold, je ne quitterai pas le continent tant que la paix n'aura pas été signée entre les Grands Territoires.

La promesse était improvisée, mais actée. Le lieutenant hocha solennellement la tête, sans doute impressionné par tant de pugnacité, puis il laissa échouer son regard sur l'horizon du tarmac, où s'offraient au vent les carcasses d'anciens avions de ligne. Une éclaircie faisait luire leur reflet dans les flaques : un monde miroir dans lequel l'humanité avait peut-être réussi à s'en sortir, dans lequel América, aussi paisible que l'eau, avait peut-être vaincu ses doutes. Parviendrait-elle à faire basculer cette réalité-là aussi ? Le lieutenant le croyait.

— Bientôt… Quand la paix sera faite, nous n'aurons plus de raison de nous voir.

— Nos échanges me manqueront aussi, Tony. Mais ne précipitez pas les adieux, nous n'y sommes pas encore.

— Je vous escorte jusqu'à votre résidence ?

— Ça va de soi.

Quelle surprise n'avait-elle pas eue, au moment de défaire son sac, d'y trouver des miettes de biscottes et, quelques crottes plus loin, Couic. Le rat était endormi, les dents plantées dans son seul T-shirt de rechange. Ainsi pris sur le fait, il s'était à peine éveillé, sans doute rendu groggy par le manque d'oxygène d'un repaire aussi étroit pendant un si long voyage. Plutôt que de chasser l'intrus ou de ranger ses affaires, América avait entrepris d'ingurgiter sans la chauffer l'une des boîtes de conserve qu'on avait gentiment déposées à son intention sur la table de la cuisine. Elle surveillait anxieusement le carré de ciel à la fenêtre. Ce qui devait se manifester là-dehors, elle ne devait le rater sous aucun prétexte. Mais le flash promis mit une semaine de plus à se montrer.

Ce soir-là, mue par une vaillance qu'elle ne se connaissait pas, elle toqua à la chambre du représentant du Grand Territoire Américain, Jim Alusma. L'homme qui lui ouvrit la porte lui parut négligé, comme sortant d'un long sommeil tout habillé. Il haussa un sourcil.

— Oh, c'est vous.

— Ma présence ici semble vous étonner ?

— Pas plus que la mienne.

— Justement… Vous avez cessé de venir aux réunions entre représentants, pourtant vous restez ici, à Poutorana, dans cette chambre…

— C'est juste au cas où. Si tout à coup les autres représentants se réveillaient, et qu'une résolution venait, je ne voudrais pas risquer de rater le coche. Une occasion comme celle-là pourrait ne pas se reproduire avant le prochain millénaire.

— Vous croyez donc cela possible ?

— Maintenant que la représentante du GT Sud, madame Fanatoa, s'est aussi retirée de la table des négociations, peut-être. Ce dont les GT Est et Ouest ont besoin, c'est d'une remise en place, pas d'un public pour leurs disputes vaudevillesques. J'ai été désigné pour représenter le GT Américain, et je suis dévoué à mon métier, mais il y a des limites à ce qu'un humain plein de bonne volonté peut supporter. J'ai ce sentiment que le monde entier a changé et que je suis coincé là, dans une époque révolue.

— Là, je vous rejoins...

— C'est désagréable, n'est-ce pas ? Nous, représentants des « Grands Territoires », ne servons à rien. Convenez-en, la société s'organise très bien toute seule. C'est cela que les représentants des GT Est et Ouest ne semblent pas comprendre... Et vous savez quoi ? Je crois que s'ils sont toujours à la tête de ces instances désuètes, c'est parce que tout le monde s'en fout.

— Mais que veulent-ils, alors ?

— Qui sait ? Peut-être se chicanent-ils par habitude ou commodité ? Peut-être recréent-ils des situations de conflits dans le seul but garder une position sociale fact...

— Attendez ! Vous avez vu ?

América avait bondi à la fenêtre. Intrigué, Jim Alusma la rejoignit.

— C'est comme un long flash de lumière... Il est déjà en train de faiblir. Qu'est-ce que ça peut être ?

América se mordit la lèvre pour retenir les mots qui menaçaient de sortir de sa bouche.

— Tout va bien, América ?

La bâtisse avait quelque chose d'élégant, bien que le mélange des architectures, propre à tout ce qui s'était construit sur le plateau de Poutorana ces dernières décennies, donnât du fil à retordre aux observateurs. C'était une maison en bois imposante, un quasi-manoir, avec son large balcon à colonnes, ses hautes fenêtres et ses trois lucarnes arrondies, surmontées de dômes en bulbe. Dans le même temps, l'apparence générale de l'édifice évoquait un minaret pyramidal qui, lorsqu'on s'attardait sur les finitions des pieux qui lui dardaient les flancs, transpirait d'un héritage khmer. Le jardin avait dû un jour être à la française, car on devinait au milieu du désordre verdoyant les vestiges d'une organisation géométrique. Un pont japonais enjambait un bassin dans lequel se côtoyaient carpes et canards. Ce cadre incertain donnait à l'ensemble une allure fantastique, sortie tout droit d'un rêve.

Mais, se disait América, dans cette maladroite tentative de réconciliation culturelle, n'avait-on pas infligé une nouvelle violence à ce sol resté russe durant plusieurs siècles ? « L'essentiel, c'est d'avoir essayé », avait admis, peu avant sa mort, l'architecte à l'origine de cette curieuse mouvance. En tout cas, c'était plus joli que la pension de Fort Providence, son bâtiment imprimé grisâtre, ses portes vitrées tellement sales que de l'intérieur on discernait à peine la lumière du jour derrière les couches de poussière déposées par les grands vents venus de l'est.

En s'approchant du porche, dont le toit se recourbait aux pointes à la façon des pagodes, América se demandait si quelqu'un s'était déjà amusé à compter toutes les influences de l'édifice. En revanche, ce qu'elle venait réellement faire ici, elle n'y songeait pas du tout.

Elle sonna à la porte. À l'intérieur, on entendit résonner un joli éclat carillonnant. Au bout d'un temps, une femme vint ouvrir.

— C'est toujours ouvert, tu sais. Il suffit d'entrer.

— Vraiment ? Cela ne pose pas de problèmes, avec les pensionnaires ?

— Jusqu'à présent, personne n'a tenté de s'enfuir. Et quand bien même ! Ce n'est pas une prison, ici. Si quelqu'un cherchait à s'échapper, il faudrait sérieusement remettre en question nos méthodes. Tu viens pour le volontariat ?

— Oui, je suis América Pérez. J'ai appelé ce matin…

— On m'a prévenue de ton arrivée. Tu viens de quel côté ?

— D'Amérique. Ex-Canada.

Troublée d'abord, comme si elle contemplait une nouvelle dimension présentée à sa conscience, la femme finit par hausser les épaules.

— J'avais complètement oublié ce « côté ». Tu es arrivée par voie maritime ?

— Par les airs. Je suis là pour le travail.

— Je me permets quand même de te rappeler que nous sommes en zone neutre. C'est vrai dans tout Poutorana, et particulièrement ici.

— Je vous… te rassure, j'en suis bien consciente.

— Pas de politique entre ces murs, j'insiste, c'est un asile.

— C'est compris.

— Pourquoi le bénévolat, América ?

— Ma sœur… était malade.

La soignante hocha la tête. América pinça les lèvres. Elle n'aimait pas mentir, mais il fallait à tout prix éviter de passer pour une tarée.

— Faisons le tour du propriétaire, je vais te présenter à l'équipe et aux pensionnaires. Moi, c'est Neha.

Comparé au grand déballage de l'extérieur, le confort intérieur était sommaire, et n'offrait ni plus ni moins qu'une habitation quelconque de cette fin de siècle. Cependant les pensionnaires avaient reçu l'autorisation de repeindre les murs des couloirs à leur bon goût, pour un résultat aussi bariolé que tourmenté, pour ne pas dire inquiétant. Des mots en différentes langues, des plantes, des animaux, des visages se mêlaient et s'assemblaient en de nouvelles formes qui s'imprimaient dans la mémoire, troublantes visions. América hâta le pas pour rattraper Neha. Les chambres abritaient chacune un ou deux lits, ainsi qu'un fauteuil qui regardait vers la fenêtre et les branches du jardin. En cuisine, un petit groupe de pensionnaires s'attelait à la préparation d'un gâteau, sous l'œil attentif d'un superviseur. L'équipe, quant à elle, enthousiaste et dévouée comme il se doit, l'accueillit avec chaleur. En bref, c'était une pension, avec tout ce qu'il fallait de pitoyable et de réconfortant.

Quand elle entra dans le grand salon, América remarqua immédiatement le garçon qui tournicotait une mèche de ses cheveux en se racontant des histoires. Il était assis sur un canapé, entre un écran qui diffusait le vol en V d'une cohorte de volatiles et un poster de *Rambo 8 : la paix, enfin la paix*. Il avait les joues tant grêlées que sa peau semblait celle d'un vieillard décrépit, les épaules osseuses et arquées. Il lui faisait penser à Benjamin, à la pension de Fort Providence. Pas de visage, ni d'allure, mais dans les yeux : ses yeux regardaient *quelque part*, précisément à cet endroit qui lui échappait, à elle.

América s'approcha, un plateau de jeu entre les mains.

— Ça te dit, une partie de petits chevaux ?

— Non, non, les petits chevaux, c'est amusant… C'est amusant, je pensais justement…

— Aux petits chevaux ?

— Non, une sorte de petits chevaux, ouais…

— Je peux m'asseoir ?

— N… Oui. La chaise est libre de te recevoir.

América s'invita sur son assise, et la chaise ne broncha pas.

— Ça fait longtemps que tu es ici ?

— Non, non… Tu es bien une personne de l'Extérieur, toi.

— Pardon…

— Incapable de saisir le caractère insaisissable du temps, non.

— Et… Et toi, tu le saisis ?

— Non, non, personne ne le peut vraiment… Même si, parfois, parfois j'ai l'impression qu'eux le peuvent.

— Eux ?

— Non, oui, les agents.

— D'où viennent-ils ?

— Ce n'est pas important.

— Que veulent-ils ?

— Ils ont des choses à dire.

— À propos de quoi ?

Le garçon ricana.

— Tu le sais bien, non ?

— Et toi ?

— Non, non ! Je t'ai posé une question.

— Moi ? Je ne sais rien. Je… Je ne suis qu'une bénévole.

— Non, mais ils t'ont contactée, non ?

— Qui ?

— Les parfaits. Ceux qui sont autres.

— Je ne crois pas. Penses-tu que je suis quelqu'un de… contactable ?

— N… Tu le sauras bien assez tôt. Un glissement te sera proposé.

Un glissement. C'était le mot qu'il utilisait pour imager ses pertes de repères, la limite très fine entre ce qui était socialement acceptable et ce gouffre terrifiant où s'égarait son esprit. Bien entendu, il ne le percevait pas comme cela.

— Quoi qu'ils te disent, il ne faut pas céder à leur chantage, non, non.

América s'enfonça dans la chaise. Elle essayait de décrypter une par une les paroles que le garçon avait prononcées, tout en se convainquant de ce qu'elles étaient : pure folie. Ce faisant elle ne voyait plus les petits chevaux de bois posés sur la table, ni son interlocuteur qui continuait de se triturer les cheveux, ni rien des contours de ce monde rudimentaire. Son attention avait *glissé.*

— Écoute pas ce qu'il dit. Non-Non, c'est le plus frappé de nous tous.

C'était une fille, d'une vingtaine d'années peut-être, qui les examinait depuis un fauteuil limé : son observatoire. Elle était assise en tailleur, les genoux trépidant sous les paumes. Reprenant ses esprits, América s'approcha d'elle.

— Et toi, on te l'a proposé, ce… glissement ?

La fille secoua la tête de gauche à droite.

— Il t'a parlé pendant deux minutes, et tu es déjà convaincue. C'est pas bon, pas bon du tout, ça. Normal. Tous ceux qui viennent dans cette maison de fous, ils ne sont pas très bien dans leur tête. Dérangés, tu vois. Qui viendrait voir des fous, à part d'autres fous ?

— Tu emploies cette expression, « maison de fous ». C'est vraiment ce que tu penses de cet endroit ?

— Je suis barje, mais pas au point de penser que je ne le suis pas.

— Ah, je vois…

— Et toi ? Pourquoi vas-tu parler à Non-Non, si ce n'est pour vérifier certaines… théories qui sont les tiennes ?

— Je me suis portée bénévole, je donne un peu de mon temps, pour la bonne cause.

— Ah oui, je vois… Gros, gros déni.

— Non-Non, qui est-il ?

— Le fou d'aliens ? Ce n'est pas clair. Il est allé à l'école, ça c'est sûr, car il en sait beaucoup plus que moi sur les choses de ce monde. Il laisse sortir des bribes, parfois. Et moi une oreille.

— Il a eu un métier ?

— Et toi, tu es des renseignements ? Fais gaffe, tu vas le conforter dans ses délires.

— Je travaille auprès des représentants des Grands Territoires, en tant que négociatrice.

— Et tu négocies quoi, avec ces bons vieux Jitis ?

— La paix.

— Rien que ça. En fait, tu occupes un poste important. Je le savais ! Qu'est-ce que tu viens chercher ? Ta mission seule ne te suffit pas ? Laisse-moi réfléchir… Tu as besoin… d'une destinée supérieure ? … Non, attends, c'est vraiment ça ?

— Tu affabules.

— Non, c'est toi. Tu tripes sur les aliens !

— Qu'est-ce qui te fait dire ça ?

— Réfléchis deux secondes, ma vieille. Au fond, est-ce vraiment important de savoir s'ils existent ou pas ? Tant que ce que tu fais sert à quelque chose, dehors, là où on peut mener des projets à bien. Qu'est-ce que ça peut faire, où sont les aliens ? S'ils sont dans l'espace, dans ta tête, dans ton cul ou les trois à la fois ? Les messages sont partout autour et à l'intérieur de nous, ils n'attendent que d'être saisis.

— Comment…

— Grosse maline. Arrête de lorgner Non-Non. Arrête avant que je ne me mette à gueuler. Je vais me mettre à gueuler, je te jure. Ils t'enfermeront avec moi. Si je le veux, ils le feront. Dis-le que t'en as envie. T'en meurs d'envie qu'on s'occupe de toi comme d'un petit bébé, de plus avoir à te préoccuper du monde, de tes prétendues missions. Arrête de lorgner Non-Non, je te dis !

À revers de l'avertissement, América se glissa entre les fauteuils jusqu'à la place de Non-Non. Il s'était refermé comme une coquille, les jambes repliées et les bras en bouclier. Mais América devait savoir. Elle baissa le ton de sa voix.

— Ils ont envoyé un signe hier. Tu l'as peut-être vu, un énorme flash de lumière.

— Oui, je l'ai vu. Et non, non, non ça n'était pas eux. Un flash lumineux, c'est trop vulgaire pour les agents.

— Nous le saurons bien assez tôt.

— Qu'est-ce que tu dis ?

— J'ai dit, nous le saurons bien assez tôt.

En une fraction de seconde, le garçon lui avait sauté à la gorge et la tenait captive entre ses doigts osseux, avec une force qu'elle ne lui aurait jamais soupçonnée et un visage qui exprimait la ferme intention de la tuer.

Elle n'avait rien vu venir. D'ailleurs, elle était encore en train de traiter l'information. Et elle en concluait une chose : c'était douloureux. Ce n'était pas seulement douloureux. C'était terrifiant. Était-ce ainsi que la mort vous saisissait ? Aussi… simplement ?

Nul besoin de paniquer, quelqu'un allait bientôt se jeter sur eux pour les séparer. Du moins, c'était ce qu'elle espérait. Mais rien ne venait. Et surtout pas l'air que ses poumons réclamaient à grandes embardées. Ni le soulagement de la pression maintenue contre ses artères vitales.

La fille continuait à les observer du coin de l'œil, sans esquisser le moindre mouvement. Son expression n'était pas moqueuse, ni revancharde, simplement attristée. De ce qu'América en voyait. Car elle ne voyait plus grand-chose de précis. Les contours s'étaient brouillés. La pièce commençait à s'obscurcir.

Puis quelqu'un se mit à hurler, de plus en plus fort, comme une sirène de pompier, tout feu tout flamme dans l'habitacle de sa tête. Cela eut le mérite d'attirer l'attention du personnel. L'infirmière en chef donna l'alerte, et on vint lui porter secours.

Passé l'agitation, le monde revint à elle, ou inversement. Aussitôt le ton monta, mais étonnamment la colère n'était pas dirigée vers Non-Non.

— Qu'est-ce que tu lui as dit ? Je ne l'ai jamais vu se comporter de la sorte !

Sonnée d'avoir à se justifier, les cordes vocales déformées en des angles insoupçonnés, América ne parvint qu'à sortir un gargouillis d'excuses.

— Je vais laisser une note à l'association des bénévoles. Je te déconseille de revenir ici. On a besoin d'aide, pas de problèmes supplémentaires.

América se fit escorter vers la sortie avant d'avoir pu exprimer la moindre objection et se retrouva seule sur le perron, décontenancée, incapable de bouger tandis que le sang lui refluait à la tête, aidé par des flots de honte. Ses organes fourmillaient de toute part, un souffle chaud et rauque se faufilait laborieusement entre ses lèvres, et ses artères palpitaient à la rendre malade. Surtout, sa gorge lui paraissait appartenir à un autre plan qu'elle-même. Un plan fait de douleur pure.

Elle ne pouvait pas rester là. Pas devant cette porte close. Pas dans ce corps flageolant. Elle devait recouvrer l'usage de ses membres, s'accrocher à la balustrade, mettre un pied devant l'autre, descendre une par une les marches, traverser l'allée sans tomber, et puis cheminer, à pas lents, désordonnés, jusqu'à sa chambre.

— Couic… Couic… parvint-elle à murmurer au moment de passer le pas de la porte.

Comme cri de détresse, on avait vu plus classieux. Elle voulut éclater de rire, mais éclata plutôt en sanglots, avant de se raviser tant la douleur était insupportable. Elle s'affala donc dans le canapé, résolue à ne plus rien dire, ni boire, ni manger. Alerté, ou bien parce qu'il sentait qu'il n'avait rien à craindre de cette grande créature échouée, le rat montra le bout de son museau. Il fureta à droite et à gauche, escalada la montagne humaine et la renifla de fond en comble avec des acclamations inquiètes. América n'en avait cure. Couic pouvait bien la bouffer. C'était certain, désormais, elle était destinée à rester enfermée dans cette chambre et ne plus bouger. Et ce fut vrai pendant sept longues journées, qui auraient été plus nombreuses si le lieutenant Reynold ne l'avait pas sauvée de son affolante torpeur.

Ils étaient assis au bout d'une vieille passerelle d'embarquement, les pieds pendus dans le vide. Le vent balayait le tarmac et nettoyait les humeurs. Un rayon de soleil perçait même l'épaisse couche nuageuse.

— Merci pour cette invitation à discuter, Tony. Pour tout vous dire, je me sentais un peu seule. Je ne connais pas grand monde, à Poutorana.

— Tout le plaisir est pour moi, América. Mais vous savez, nous aurions pu nous retrouver dans un café.

— Aussi étrange que cela puisse paraître, j'aime cet endroit. C'est vaste, et calme.

— Et bien goudronné.

— Monsieur Reynold, ne faites pas de mauvais esprit !

— Dans ce cas, laissez-moi vous faire un compliment : ce foulard vous va à ravir !

Elle se décomposa de l'intérieur, mais se retint de porter la main à sa gorge qu'ornaient encore les stigmates jaunâtres de ce qu'elle ne cessait d'appeler « l'incident ».

— Excusez-moi, je ne voulais pas vous froisser.

— Vous n'y êtes pour rien, Tony…

Elle scruta l'étendue grêlée de touffes d'herbes et de trous de terriers, desquels bondissait de temps à autre un renard pourchassant un lièvre. Dans ce lieu à l'échelle quasi inhumaine, il était difficile d'imaginer les incessantes allées et venues d'appareils zébrant le ciel, le ballet des voyageurs, des agents de bord, des mécaniciens affairés sous les ailes. Ces fantômes appartenaient à un passé chimérique qu'América convoitait de loin, comme les bribes d'un songe trop parfait au réveil. Le lieutenant avait suivi son regard, et son cœur.

— L'humain a tant voulu voler…

— Et il a volé, au prix de la Terre. Pourquoi nos rêves sont-ils si cruels ?

— Les rêves, cruels ?

— Les miens le sont.

— Vous ne m'avez jamais parlé de vous, América. Je vois que vous avez des origines latines, mais je n'arrive pas à déterminer ce qui vous forge.

— Je suis apatride de naissance, Canadienne d'adoption. Mes deux parents étaient Mexicains, ils ont quitté le pays à la fin du premier exode. Des retardataires, on peut le dire, mais avec deux petits garçons, ils se refusaient à quitter la calamité climatique dans le seul espoir de trouver la guerre. Quand l'armistice a été signé et les refuges créés, ils se sont décidés à partir. C'était en 54. Mon premier frère est mort pendant le voyage, le deuxième dans le camp où on avait installé mes parents, et où je suis née plusieurs années après.

— Alors vous êtes née dans un « refuge » états-unien ?

— Ne prenez pas ce ton désolé, je n'en ai pas connu les pires moments. Quand je suis née, le deuxième exode avait commencé depuis plusieurs années. On avait faim, et soif, mais on ne souffrait plus de la surpopulation, et puis vous le savez, en Amérique, la Deuxième Guerre du Climat s'est vite achevée. Avec la création du GT Américain, beaucoup de réfugiés ont à nouveau pris la route du nord, rejoints par les États-Uniens en masse. Nous n'avons pas tardé à les suivre. Et vous, Tony, vous êtes américain, n'est-ce pas ?

— Moins que vous, me semble-t-il, mais je suis effectivement né aux États-Unis. Mes parents, exploitants agricoles dans le Kansas, se sont accrochés à leur terre jusqu'au bout. Mon frère est resté avec eux. Moi, je suis parti seul, à dix-huit ans, suivre des études au Canada, même si une telle appellation ne faisait déjà plus sens. J'ai bénéficié d'un programme de rapatriement et d'orientation organisé par la fusion des armées américaine et canadienne après la création du GT. C'était au moment de la grande reconversion, quand ont été créées les Forces de la Paix. Avec mon statut, je pensais que, peut-être, j'aurais un jour l'occasion de reprendre l'avion et de revoir mes parents, ne serait-ce qu'une fois… Mais je ne suis jamais retourné aux États-Unis. Mon père, ma mère et mon frère sont morts il y a neuf ans, emportés par un orage supercellulaire.

— Je suis désolée de l'apprendre. Pour tout vous dire, ma mère bat des records de longévité… Mais mon père est décédé d'un cancer il y a trois ans. Soixante-cinq ans, c'est une performance louable, pour quelqu'un qui a connu deux exodes et autant de guerres.

— Vous avez connu l'exode, alors ? Qu'est-ce que ça fait ?

— Oh, pas grand-chose, en vérité, car je n'en garde pas beaucoup de souvenirs. Et puis nous sommes si nombreux dans ce cas, sans doute même la majorité des deux milliards d'habitants de cette planète. J'ai simplement passé de nombreuses années de ma vie à user des semelles plus vite que mes pieds ne grandissaient. Même si nous étions épuisés, nous ne restions jamais très longtemps au même endroit, sauf quand les éléments ou la nécessité en décidaient autrement. La seule base solide de mon univers, c'était le mouvement. Quand nous sommes « arrivés » quelque part, que nous avons posé bagages et que ma mère m'a dit « c'est ici chez nous », je ne la croyais pas. J'avais douze ans, c'était en 77. C'est à ce moment-là que ma deuxième vie a commencé.

— J'ai moi aussi débarqué au Canada en 77 ! Le Grand Territoire était encore chaotique, à bien des niveaux, mais cela a vite changé. Vous avez étudié dans une université prestigieuse, Carols Jacklog, à ce qu'on m'a dit ?

— Un master en « résolution de conflits », la fierté de mes parents ! Mais si j'ai pu entrer à Jacklog, je ne m'en cache pas, c'est surtout grâce à mon statut d'apatride de naissance, qui ouvrait à l'époque pas mal de portes, en particulier dans les cursus d'irénologie.

— Aujourd'hui, nous sommes plus nombreux encore à nous sentir apatrides.

— Apatrides, peut-être, mais nous avons les étoiles.

Le lieutenant leva des yeux circonspects vers le blanc du ciel, plissant les paupières comme s'il tentait de percer la coupole opaline, la main en visière pour occulter la lumière écrasante. On vit presque un scintillement se refléter à la surface de ses lunettes, mais il se ternit rapidement.

— Encore un vieux rêve… Perdu désormais, comme nombre d'autres.

— Vous le pensez vraiment ?

— Par quel moyen monterions-nous là-haut ? Et surtout, pour y faire quoi ?

— Et si…

Elle était sur le point de prononcer des paroles regrettables. Elle se ravisa. Le lieutenant, que le rappel de ce énième échec de l'humanité avait malmené dans son optimisme, ne montrait de toute façon aucune envie d'aller plus avant dans la discussion.

— Qu'est-ce que ça fait, d'être soldat dans un monde incapable de guerroyer ?

— C'est plutôt plaisant, je ne vous le cache pas. Mes parents n'ont jamais compris. Et, en vérité, je n'aurais sans doute pas fait ce choix de carrière à une autre époque.

— C'est curieux. Je pensais que pour faire ce métier, il fallait au moins une certaine passion, le désir de se dévouer à la cause. Pourquoi ce choix ?

— Par nostalgie… de l'uniforme, de valeurs, peut-être ? L'armée, ça n'était pas que de la violence et de la soumission. Il y a l'organisation, la volonté, le courage…

— Et le sens du sacrifice.

— Vous semblez amère, tout à coup.

— Parfois, je me dis que c'est injuste. Pourquoi est-ce à nous de réparer les dégâts, après toutes les douleurs, toutes les horreurs que nous avons vécues ?

— Parce qu'il n'y a personne d'autre pour le faire ?

— Vous êtes réellement dévoué, lieutenant Reynold. Je ne peux pas en dire autant.

— Votre tâche est la plus difficile. Vous défendez les intérêts de la paix, et à ce titre vous êtes une actrice à part entière dans ce conflit. Vous ne pouvez pas rendre son territoire au GT Est, mais vous ne pouvez pas non plus le laisser au GT Ouest. N'importe qui baisserait les bras devant pareil dilemme, mais vous êtes encore là.

— Avec quatre « Jitis » en colère sur le dos.

— Peut-être faut-il voir plus loin, plus grand, oublier les Grands Territoires.

— Les Grands Territoires ont été créés dans un but précis. C'était la seule configuration possible, ou, en tout cas, pensable à l'époque, à même de prendre en charge la mission décisive et trop longtemps délaissée du désarmement nucléaire. C'est ce but commun qui a garanti leur succès.

— Dans un premier temps, oui, et on peut s'en réjouir.

— Mais par la suite, les instances dirigeantes n'ont rien trouvé de mieux à faire que de reprendre à leur compte des conflits frontaliers qui étaient le fait de groupes d'individus isolés…

— Jusqu'à la situation qu'on connaît.

— Je vous le concède, l'objectif initial étant atteint, on peut sérieusement se demander à quoi servent désormais les Grands Territoires, mais… On ne peut quand même pas revenir en arrière en éclatant de nouveau la carte ! Et serait-il vraiment pertinent de créer un nouveau super-État ? Ne ferions-nous pas que déplacer le problème ?

— Ce n'est pas à cela que je pensais. Pardonnez mon insolence, mais vous êtes en train de sautiller autour du sujet… avec beaucoup d'élégance, cela va sans dire. Je sais que l'idée a de quoi faire peur, mais enfin, América, ne vous dites-vous jamais que dans un monde d'apatrides, nous n'avons pas besoin de frontières ?

— Ça alors ! De votre part, la proposition est étonnante. Séduisante, aussi…

— Il y a vingt-cinq ans, cela aurait été impensable. Mais constatons l'état des choses : au sein même des GT, des populations d'origines et d'opinions disparates partagent des territoires grands de dizaines de millions de kilomètres carrés, sans que cela ne provoque de conflits d'envergure. Dans un monde rétréci par le manque de moyens de transport et de communication, la politique est avant tout locale.

— Mais elle est enrichie d'un droit du commun largement répandu et utilisé, régissant nombre d'activités humaines. Les cités échangent des biens autant que des informations, les textes de loi se nourrissent aux quatre coins du monde, les ressources naturelles telles que les rivières sont administrées dans toute leur continuité, sans cassure territoriale… Et il y a tant d'autres exemples.

— Exactement. Si vous voulez mon avis, les Grands Territoires ne sont que les petites roues dont avait besoin l'humanité pour apprendre à se fédérer…

— Et les dirigeants, pour desserrer un peu la pression des luttes de pouvoir, sans toutefois lâcher totalement la bride.

— Mais aujourd'hui est un autre temps, porté par d'autres types de leaders.

— Vous faites décidément un drôle de soldat ! Je vous entends, vraiment, mais comment les représentants des GT pourraient-ils accepter une telle issue ?

— Leur avez-vous seulement proposé ? Comme vous, ils doivent être exténués de tout prendre de front dans une lutte que vous savez tous vaine. Ils savent, au fond, que leur travail est achevé. Et si vous leur offriez, en toute sincérité, de faire un pas de côté ?

Le soldat avait parlé, et le brouillard s'était levé sur la réalité.

— Monsieur Reynold, vous avez raison. Je me tue depuis des mois à forcer un passage vers la paix, et j'en ai oublié que la paix n'est pas l'objectif.

— La paix n'est pas l'objectif ?

— Non, c'est la solution.

Il y avait des caméras, des journalistes, des représentants de toutes sortes d'ex-États et organisations mondiales historiques. Un petit monde loufoque, surgi d'un passé quasi fictionnel. América avait déjà croisé quelques-uns d'entre eux, bien entendu. Pour la plupart, c'était des gens corrects, animés par les plus nobles intentions et par la conviction de bien faire. Sans l'ombre d'un doute, ils avaient oublié d'où ils venaient. Ce n'était un secret pour personne, on l'enseignait d'ailleurs à l'université : toutes ces institutions, ces belles constructions humaines, avaient créé et pernicieusement entretenu la violence, pendant des siècles, pour condamner ensuite celle qu'on leur retournait. Elles avaient été la solution en même temps qu'elles étaient le problème. Elles avaient promu la paix en faisant la guerre, condamné le système en l'embrassant à pleine bouche, collé des pansements sur des blessures béantes. Tout cela allait-il réellement se terminer aujourd'hui ?

— Madame Pérez, félicitations, vous avez réussi à venir à bout des plus coriaces !

— Dire que les quatre GT vous attendent à la table, prêts à signer !

— Vous avez fait un boulot formidable.

— Oui, América, bravo, vraiment.

— Nous savions que vous étiez la femme de la situation.

— Et il vous aura fallu moins d'un an !

Moins d'une semaine, en vérité. Les centaines de milliers de minutes qui avaient précédé n'avaient été que détours et piétinements intellectuels. Face à ses interlocuteurs, América s'était sentie excédée, isolée, abandonnée, sans se rendre compte que résidait précisément là leur point de convergence, et que la colère, la pitié qu'elle avait pu ressentir à leur encontre n'avait d'autre destinataire qu'elle-même. Quand, après sa discussion avec le lieutenant Reynold, elle était revenue s'asseoir à la table des négociations, la situation lui paraissait si limpide qu'elle ne parvenait plus à se souvenir de ce qui avait pu la bloquer auparavant. Pour convaincre les GT, elle n'avait eu qu'à mettre le doigt sur l'évidence. Elle n'en revenait toujours pas.

Il le fallait, pourtant. Car les caméras étaient braquées sur elle, qui suintait de toute la fange des siècles… à moins qu'il ne s'agît de sa propre transpiration imprégnée de panique ? Quelqu'un était-il seulement en train de regarder ça, devant un autre écran ? Évidemment. Comme elle, quelqu'un avait attendu ce jour. Ne l'avions-nous pas tous attendu ? Un espoir solennel pour laver les décennies de guerre. Un espoir officiel, pour marquer l'entrée de l'humanité dans une nouvelle ère. Ce jour était venu, et América n'avait qu'une envie, éclater en sanglots. Mais elle attrapa le stylo qu'on lui tendait, adressa un sourire chaleureux aux représentants des GT assis autour de la table, récupéra sa voix partie se réfugier tout au fond de sa gorge, et déroula l'introduction qu'elle avait répétée un bon millier de fois dans sa tête :

— C'est un jour historique comme la Terre n'en a jamais connu, et nous sommes là, tous ensemble, pour en être témoins. Aujourd'hui, nous signons la paix, la fin des divisions, et le commencement d'un nouvel âge. Aujourd'hui, nous sommes un peuple, le peuple de la Terre, uni sous les mêmes étoiles.

C'était sans doute un peu bizarre, mais ils comprendraient bien assez tôt.

Les GT s'étaient penchés sur l'accord fraîchement imprimé. Une vulgaire liasse de papiers, au sommet de laquelle on pouvait lire :

« Nous, Grands Territoires Américain, Est, Ouest et Sud, devant le livre du Droit Commun de l'Humanité, approuvons ce jour la dissolution de toutes les nations, renonçons du même fait à toute notion de pouvoir et de souveraineté, et reconnaissons :

– Que les GT ne rempliront plus aucune fonction constitutionnelle, formant désormais un conseil voué à représenter les peuples, et uniquement chargé de faire état de leurs pratiques et décisions locales.

– Que prévalent désormais les gouvernances non territoriales, celles des populations, de leurs connaissances et de leurs savoir-faire, celles des biens naturels, manufacturés et immatériels.

– Que ces connaissances, ces savoir-faire, ces biens demeurent à jamais inappropriables, et régis par le seul droit d'usage. Qu'ils ne pourront être accaparés par un individu ou un groupe d'individus à des fins d'accumulation ou de manipulation des ressources disponibles.

– Que chaque parcelle de cette terre administrée par les communautés humaines le sera désormais dans l'intérêt général, considérant la place et les besoins de tous les êtres vivants.

– Que chaque individu foulant le sol de cette planète peut désormais le faire à sa guise, pour rejoindre la terre de ses ancêtres ou celle de ses successeurs.

– Que chaque organisation de production humaine est, sans exception possible, administrée en coopération entre producteurs, usagers et habitants. »

Et quelque trente-sept articles supplémentaires, ce qui représentait finalement peu de chose au regard de la décision, qui devrait encore être étoffée.

L'accord ayant été imprimé en autant d'exemplaires que nécessaire, chaque représentant de GT se précipita sur son stylo dans l'intention d'être le premier à franchir ce pas historique. Malgré ce débordement de bonne volonté, les airs emphatiques et les larmichettes donnaient à América l'impression d'assister à un bizarre mariage de raison. Mais qu'attendait-elle, exactement ? À l'échelle individuelle comme à celle des peuples, l'amour ne pouvait pas toujours être de la partie. La compréhension suffisait. Aussi se sentit-elle soulagée quand les applaudissements éclatèrent, noyant avec eux la solennité du moment.

— Ah, América ! C'était beau, très éloquent.

— Ouvert... ouvert sur une nouvelle ère.

— Ce que vous avez dit sur les étoiles, c'est vrai, c'est notre tribunal céleste à tous.

Les mains amicales se succédaient sur son bras, mais América n'y était pas. Quelque chose l'alertait dans sa poche. Quand elle sortit son téléphone et qu'elle en vit la provenance, elle plongea. C'était toujours cet étrange sentiment que le monde se démantelait, comme si le réveil allait survenir d'un instant à l'autre. Mais elle avait seulement vacillé.

Elle tendit l'écran vers ses interlocuteurs, qui avaient poursuivi la discussion le plus naturellement du monde, sans voir dans quels abysses sidéraux elle se précipitait. Puisant dans une réserve de forces inconnue d'elle-même, elle s'éclaircit la gorge, attirant une attention bienveillante.

— Cet appel, là, vous le voyez, n'est-ce pas ?

— Et vous feriez mieux de l'attraper avant qu'il ne vous file entre les doigts.

América ne se fit pas prier. Et parce qu'elle se sentait inondée d'une énergie et d'une assurance aussi abondantes qu'irrationnelles, elle activa même le haut-parleur. Autour d'elle, le silence s'était fait, et elle réalisa trop tard les implications de son élan victorieux. Elle avait décroché ; maintenant, elle devait dire quelque chose.

— Voilà. Vous l'avez, votre premier jour de paix.

— Le premier jour de paix, c'est une belle victoire. Mais ce sont les suivants qui importent. Attendez un peu avant de vous emballer, América.

Elle blêmit, et s'enfuit avant que ses jambes ne cèdent tout à fait sous son poids.

— Madame Pérez, mais attendez un instant ! Vous nous quittez déjà ?

— América ? América ! Prenez donc une coupette !

— Ça alors, elle s'est volatilisée…

L'ENNEMI LE PLUS INTIME

La correspondante mit un certain temps à répondre, mais cela tombait bien, Xå~Ög n'avait rien de mieux à faire qu'attendre. La lumière s'adoucissait, la végétation des plinthes ondulait le long des parois, en bref la journée était agréable. Elle l'était toujours, bien sûr, à température et humidité constantes.

— Voilà. Vous l'avez, votre premier jour de paix.

Xå~Ög décela une once de fierté dans la voix de la correspondante, ce qui ne lui ressemblait pas trop. Mais c'était vrai, América Pérez s'était *sorti les doigts*, et elle avait réussi à un point tel qu'iel n'aurait jamais osé l'espérer. Les résultats étaient au-delà des attentes, l'ego gonflé à bloc, et cela voulait dire que la suite allait être plus douloureuse que prévu. Xå~Ög *souffla un grand coup*. Par chance, le système de vocalisation effacerait toutes les hésitations, tous les blancs malencontreux de son discours.

— Ah… Oui, bien sûr, le premier jour de paix… C'est… une belle victoire. Mais, en fait… ce sont les suivants qui importent. Et… Ce que je veux dire… Attendez un peu avant de vous emballer, América.

Il y eut un silence. Ou plutôt, des bruits de pas précipités. Quand la correspondante parla de nouveau, elle était un peu essoufflée.

— Vous m'appelez pour m'humilier en public ?

— Mais… C'est vous qui avez choisi de prendre cet appel devant tout le monde ! Et puis… Je ne vous sentais pas à l'aise au milieu de tous ces… gens.

La correspondante hoqueta, soupira, renifla un grand coup. Pour un être comme Xả~Ög, le concept des larmes était étonnant, ce qui ne l'empêchait pas de saisir exactement ce qui traversait l'humaine en cet instant. Si iel l'avait pu, iel aurait aussi éclaté en sanglots, dans ce mélange de détresse et de joie qui accompagne les victoires douloureusement arrachées.

— América…

— Ça va, c'est bon. Je n'ai pas caché mes larmes devant les caméras de la Terre entière pour les exposer au reste de l'univers.

— L'univers est un bon confident. Il a une oreille vaste, attentive et sans jugement.

— L'univers a des oreilles ?

— Non, c'est… C'est une figure de style. En fait, je n'ai moi-même pas d'oreille à proprement parler, mais…

— Qu'avez-vous voulu dire, tout à l'heure ? Ça y est, nous avons mis fin au conflit des GT !

— Ce conflit-là, oui. Mais, comment dire… ce n'est pas exactement aujourd'hui, le premier jour de paix.

— Si ce n'est pas aujourd'hui, alors quand ?

— Lors du premier jour qui ne connaîtra pas de mort ni de blessé dus à la haine ou la rivalité.

— Vous êtes pompeux.

— Je… Je ne fais que citer les préceptes. Ne précipitez pas les étapes. Pensez à votre victoire du jour. Comment vous sentez-vous ?

— C'était la semaine la plus dure et la plus excitante de toute ma vie.

À qui le disait-elle !

— Je comprends ce que vous voulez dire.

— Vraiment ?

— Racontez-moi, comment avez-vous convaincu les Grands Territoires ?

En vérité, Xả~Ög en savait beaucoup plus qu'iel ne le laissait entendre, mais le révéler aurait pu faire peur à la correspondante. Le devinait-elle ? En tout cas, elle se prêta au jeu.

— En vérité, je n'ai rien fait de plus qu'achever une démarche entamée vingt-cinq ans plus tôt. La formation des GT avait acté, déjà, un relâchement des frontières. Les populations devaient pouvoir circuler entre des États qui ne faisaient plus sens : les dérèglements climatiques avaient défiguré la carte, ne laissant que des lambeaux habitables qui traversaient les pays de part en part. Les gouvernements avaient donc déjà reconnu l'absurdité des frontières. Mais ils n'étaient pas allés assez loin. À quoi bon tenter de réconcilier des territoires qui n'avaient pas lieu d'être ? Il suffisait d'en effacer les contours pour n'en garder que le cœur.

— En un sens, cela fait longtemps que vous, les humains, essayez d'aller dans cette direction. La Société des Nations et les Nations unies ont été des tentatives pour limiter et tempérer la souveraineté des États à travers une gouvernance mondiale. Vous constaterez que ce principe s'applique même au-delà des étoiles. C'est une belle victoire que vous avez remportée aujourd'hui, América. La plus grande, très certainement… La plus symbolique, en tout cas.

— Mais ça n'est pas terminé.

— Pas tout à fait.

— Cela fait mal à entendre.

— Vous savez qu'il y a d'autres correspondants. Il faut bien qu'ils s'occupent à quelque chose, n'est-ce pas ? Ne désespérez pas tout de suite. Vous allez rapidement observer l'impact de la paix entre les Grands Territoires sur les microconflits. Cette signature veut dire beaucoup, dans la tête des gens. En tout cas, l'événement a été suivi par de très nombreux observateurs sur Terre.

— Je me demandais justement si toutes ces caméras ne tournaient pas en vain.

— Loin de là. Dans les prochains jours, en vous connectant au réseau, vous verrez se multiplier les images de foules rassemblées devant les écrans communs, dans tous les villages équipés, sur tous les continents habités, les yeux rivés sur cette scène que vous avez vécue de l'intérieur, dans l'attente qu'un mot, un geste, une explosion ne brise le rêve. Mais rien n'est venu entacher ce moment historique, et l'espoir se propage à présent comme la plus contagieuse des maladies.

— Cela suffira-t-il ?

— Il existe encore de nombreux foyers de civilisation entièrement isolés. Des régions fertiles qui abritent les derniers damiers de forêt tropicale de la planète, des bouts de côtes protégés de tout, des enclaves idylliques… Malheureusement pas exempts de querelles.

— J'ai lu le papier, il y a quelques mois, celui qui fait suite à une large opération de reconnaissance. On ne supposait pas, évidemment… Toutes ces îles dans le désert.

— Nombre d'entre eux vivent confortablement et ne souhaitent nullement être « sauvés ».

— Mais évacuer tous les autres suppose de posséder des moyens qui n'existent nulle part. Ainsi le temps se perd-il en atermoiements. Qui peut trancher quant aux priorités à donner à telle ou telle communauté ?

— Dans le nouveau paradigme, cela peut changer. Je peux vous transmettre une liste de…

— Non !

Il y avait eu dans la voix de la correspondante une alerte, une panique éraillée. La frayeur s'y mêlait à l'abattement, ce qui désarçonna Xå~Ög. La discussion n'avait-elle pas pris un tour positif, dans les dernières minutes ? Or, à nouveau, voilà que des gémissements se faisaient entendre à l'autre bout de la ligne.

— Qu'y a-t-il, madame Pérez ?

— Non… Je ne peux pas. J'ai fait ma part.

— Mais je sais que vous êtes capable d'en faire encore davantage. Ce que vous accomplissez, c'est important, c'est utile, c'est vital.

— Pour le monde, sans doute. Mais moi, ça me tue.

Xả~Ög se figea. Ce qu'América venait de dire. Cela résonnait, ici, dans le creux des cœurs. Iel y porta un bras, comme pour mieux apprécier l'émotion qui s'en dégageait. Se pouvait-il qu'elle aussi…

— América, ressentez-vous quelque chose comme… Dites-moi si je me trompe. Ne vous sentez-vous pas à votre place ?

— Non… Je ne serai jamais comme ces autres… les émissaires.

— Des êtres admirables, qui ont pour eux la ténacité, l'évidence de la vocation. Ils avancent, et ne se retournent pas. Vous avez autant de force qu'eux.

— Mais je n'ai pas trouvé ce qu'ils ont trouvé. Moi, ce que je fais n'a pas de sens…

— Pourtant…

— Pourtant, c'est moi qui ai voulu le faire.

— Moi aussi, ce poste au Bureau des Planètes à Potentiel, je l'ai voulu. Alors… Alors je dois accomplir ma mission du mieux que je peux.

— Jusqu'où ? Jusqu'à quand ?

— Quand j'aurai appris, assimilé tout ce que je devais comprendre de ce choix, je serai suffisamment mûr pour savoir ce qui m'a amené là, et où je dois aller ensuite. Du moins, il paraît.

— Mais rendez-vous compte ! Si même les brutaux, les pervers, les sanguinaires trouvent plus de signification que moi dans ce qu'ils font, comment pourrions-nous en réchapper ? Peut-être que les humains aiment ça, la violence ? Peut-être qu'il n'y a que ça pour les faire vraiment jouir. Pourquoi vous obstiner ? Pourquoi ne pas nous laisser nous étriper tranquilles ?

— Nous sommes tous passés par là. Votre espèce connaît les mécanismes de l'addiction, elle sait à quel point il est difficile de s'y soustraire. Mais une grande majorité d'entre vous souhaite la création, et non la destruction. Une grande majorité veut la paix.

— Vous ne baissez jamais les bras, hein ? Je peux vous ensevelir sous mes lamentations, vous trouverez toujours la parade. Vous êtes du genre coriace.

— Moi, coriace ? Vous croyez ?

— Vous avez raison sur tout. Désolée, Xả~Ög, et merci. Vous êtes un chic type, vraiment.

La correspondante avait raccroché. Mais où voulait-elle en venir, à la fin ? Alors qu'elle avait initié l'un des moments historiques les plus importants de son espèce et de son temps, elle ne voulait voir que l'envers de la victoire, n'évoquer que les échecs du passé, ne percevoir que la possibilité du pire. Certes, Xả~Ög pouvait facilement s'identifier à ce sentiment. Mais iel supportait mal de se laisser malmener de la sorte. Iel pouvait s'en charger iel-même, merci.

Iel se glissa sous sa chemise et s'agrippa à son propre corps jusqu'à ce qu'il ne reste plus une parcelle à découvert – un réflexe infantile, mais qui rassurait. Iel avait une furieuse envie de s'enfouir sous un monticule de cailloux. Malheureusement, il n'y avait que des fournitures de bureau à portée de bras. Cela ferait l'affaire. Iel avait seulement besoin… de quelques bricoles… d'un peu de réconfort. Les humains croyaient savoir ce que c'était d'avoir le cœur brisé, mais ils avaient la chance de n'en avoir qu'un seul. Cependant, au milieu de tous ces morceaux, il y avait comme une lueur. Si seulement Xả~Ög parvenait à la toucher, juste un tout petit peu, *du bout du doigt…*

— Du nouveau, Xả~Ög ?

R Farloch avait surgi sans que Xả~Ög ne le sente. Iel bondit de sa chemise, faisant virevolter tous les objets amassés aux quatre coins du bureau. Et dans cette explosion mal contenue, la lumière jaillit.

— R Farloch ! Une correspondante a dit que j'étais un « *chic type* ».

— Il n'y a que toi pour en douter. Mais, pour tout te dire, je parlais du dossier.

— Ah ! Du nouveau dans le dossier, oui, il y en a. Les Jitis ont signé la paix.

— Superbe ! Par quel biais ?

— Euh… Abolition des frontières ?

R Farloch émit un grondement du système de circulation des fluides, ce qui équivalait à peu près à un haussement de sourcils humain.

— Ça alors, Xå~Ög ! Je suis très heureux pour toi, tu touches au but.

— Merci, R. Mais tu sais que c'est loin d'être terminé.

— Non, cette fois est différente des précédentes, ne le vois-tu pas ? C'est ta combien… septième planète ?

— Huitième.

— On avait peur que tu te décourages. Le métier de correspondant du BPP fait rêver, mais beaucoup subissent une sévère désillusion quand ils arrivent au bureau et sont confrontés à la réalité du job. Sois fier, Xå~Ög, une sur huit, ce n'est pas si mal !

C'était facile de dire ça, quand on affichait quatre-vingts pour cent de réussite sur ses dossiers. R Farloch transpirait de cette aura des gagnants, une confiance sortie d'on ne sait quelle étoile, et qui vous ramenait immanquablement à votre propre nullité. Il ne le faisait pas exprès ? Peut-être. N'empêche qu'avec leurs doutes, leur autoflagellation, les humains semblaient plus fréquentables. Et ils n'étaient pas plus bêtes que les autres. Après tout, eux aussi avaient maîtrisé le feu, l'électricité, l'atome. Ils n'étaient pas si loin du bout de la chaîne, et leur problème, ils n'y pouvaient rien, c'était l'échelle. De grandes ambitions, dans de si petits corps ! Quoiqu'en vérité, il ne s'agissait pas tant d'un problème de taille que de rapport taille/poids. Les humains étaient petits, oui, mais il y avait des êtres encore plus petits qu'eux. À son échelle, chacun apportait sa pierre au Pacte, et si l'entrée d'une nouvelle planète n'avait pas toujours un effet retentissant, les exoanthropologues notaient toujours des marques, des influences qui s'inscrivaient dans le temps long de l'histoire galactique.

Et les humains, qu'apporteraient-ils ? Les pronostics allaient *bon train.* Oui, parce que contrairement à ce qu'avait laissé entendre Xả~Ög durant son échange avec la correspondante, l'événement de la signature des Jitis n'avait pas été suivi que sur Terre. Une scène aussi rare que celle-ci, dans tout l'univers, ils avaient été plusieurs millions d'exos à la regarder, la pressentir, la percevoir de tous leurs appendices. Certains d'entre eux avec plus d'émotion que d'autres.

Pour s'en faire une idée, Xả~Ög se rendit sur l'inter du système. Quelques centaines de milliers de personnes étaient déjà en train de discuter sur le salon. Le voyant arriver, plusieurs millions d'autres se joignirent aussitôt à la rencontre. C'était infime, au regard des deux cents milliards d'êtres peuplant le Pacte Galactique, mais c'était énorme pour Xả~Ög qui ne pensait toucher que quelques âmes fantaisistes au moment de lancer sa chaîne. Et cela lui faisait *chaud aux cœurs.*

Ho'oponopono: Alors, la paix ?
°·._.•$ϱą¢ą~Ḱ◉ℓ◉ʍβ◉•._.·°: 😽😽😽😽
Ubuntu: 121212
Xenuphobic: Ça y est, c'est signé pour de vrai ?
Dalida: 💁‍♀️💁‍♂️💁‍♀️💁‍♂️
8008135: 🔥🔥🔥🔥🔥🔥🔥🔥🔥
Tortilla42: Bientôt ⬛🌟⬛🌟⬛🌟⬛🌟⬛🌟!!!
Xả^Stelo: Ne vous emballez pas trop vite.
سرور§◉uя◉uя: Allez, Xả^Stelo, ne te décourage pas ! Tu sais pourquoi tu fais ce job.
HumanAfterAll: L'*humain* en chacun de nous.
Dalida: ❤️🧡💛💚💙💜
lılllı ĮŜŰ ıllılll: L'Être, pote !
«•´¯`•»: Héhéhéhé.

Xả^Stelo: Ouais, parfois, je n'ai plus vraiment foi en l'Être.

Ho'oponopono: Qu'est-ce que tu racontes ?

Xả^Stelo: Il y a toutes ces guerres intestines, ces conflits pour des ressources qui, de fait, manquent. Les Jitis ont signé la paix, mais la réalité de la situation est ailleurs, si dispersée ! En plus, j'ai atteint mon quota de correspondants.

Tortilla42: *C'est chaud.*

8008135: Plus chaud que le cœur de Sandor.

ʇɐlɟ ʇou: Ouuuh !

HumanAfterAll: Mais nous, on a confiance, Xả^Stelo, ils vont y arriver.

Ho'oponopono: 💪💪💪💪💪

سرور§◉uя◉uя: Allez raconte, Xả^Xả, quoi de neuf chez les humains ?

Menthølait: Comment ils vont ?

B4B4Я: Eh ! J'ai vu que la spiritualité avait augmenté d'un point dans le Sondage ! Je suis si heureux à l'idée que notre apôtre Dear Babar fasse de nouveaux adeptes !

Xenuphobic: On a compris que tu te prépares à l'évangélisation depuis J-0.

B4B4Я: Je n'y peux rien, il y a des accointances. Les humains et Dear Babar, c'est gagné d'avance. 🐘🐘🐘🐘🐘

ʇɐlɟ ʇou: On est contents pour lui.

سرور§◉uя◉uя: On s'en fiiiiiiche ! Xả^Xả, raconte-nous !

Xả^Stelo: Tout est déjà sur Human Story. Si vous voulez connaître les dernières actualités de la Terre, c'est là-bas que ça se passe.

°·._.•$ϱą¢ą~Ḱ◉ℓ◉ʍβ◉•._.·°: Sois pas *vache*, tu nous connais.

HumanAfterAll: Ouais, on a déjà tout regardé !

«•´¯`•»: Héhéhéhé.

Chaque espèce, aussi bas fût-elle dans le tableau des probabilités d'entrée, avait son fan-club. C'était comme ça à chaque « trouvaille », à chaque nouveau foyer de vie intelligente débusqué dans les confins de la Galaxie. On déterminait assez rapidement quelles étaient ses chances de réussite dans le grand défi de la Paix. La planète devenait dossier, le dossier tombait dans les pattes d'un talentueux ambassadeur. Ou d'un type comme Xả~Ög. Dixit : planète condamnée.

lılllı ĮŜŰ ıllıll: Vous avez vu, dans le Pacifique Nord ? Un îlot autonome a de nouveau été dévasté par les éléments. À ce rythme, ils auront tous sombré avant qu'on ait pu en placer un dans le Musée des technologies galactiques.

Ubuntu: Quel dommage ! Ils étaient peut-être conçus pour une poignée d'individus dominants, mais ces habitats artificiels ont mobilisé toute l'ingénierie humaine…

Ho'oponopono: Mouais, franchement, quelle désolation de voir tous ces riches qui s'ennuient dans leurs luxueuses villas flottantes…

B4B4Я: C'est voyeur !

ʇɐlɟ ʇou: Mais ces gens ont des caméras partout chez eux ! Pourquoi, si ce n'est pour qu'on les regarde ?

Xenuphobic: Ce sont des caméras de sécurité. Elles sont justement faites pour éviter les intrusions dans la vie privée.

ʇɐlɟ ʇou: Alors là, ça me dépasse !

Xả^Stelo: Je ne suis pas d'accord avec la dérive récréationniste, mais observer le devenir des élites déchues est nécessaire. Vous savez à quel point la construction – et la déconstruction – des rapports de domination est un sujet sensible dans tout le Pacte. C'est important de surveiller les anciens dominants. Il en va de la bonne intégration de tous et toutes.

ʜᴜʙʙℓɛ: N'est-ce pas cocasse ? Longtemps ces gens ont joué avec l'histoire, et aujourd'hui l'histoire se joue sans eux.

«•´¯`•»: Héhéhéhé.

سرور§◉uя◉uя: Balek, des îlots ! On veut des nouvelles fraîches !

°·._.•$ϱą¢ą~Ḱ◉ℓ◉мβ◉•._.·°: ☝☝☝☝☝☝

Tortilla42: Alors, entre América et le lieutenant, ça se passe ? 👩❤💋👨

Xả^Stelo: Un : vous regardez trop Human Story. Deux : vous ne comprenez rien aux relations humaines. Et puis sur plusieurs heures de documentaires censés faire passer une espèce à la postérité en valorisant ses cultures, ses savoirs, ses enjeux, il n'y a que ça qui vous intéresse ?

°·._.•$ǫą¢ą~Ḱ◎ℓ◎ʍβ◎•._.·°: Allez, tu sais pourquoi on est là.

HumanAfterAll: L'amôôûûr ! La seule valeur qui vaille sous l'immense paix des étoiles !

Dalida: 🥰🥰🥰🥰🥰🥰

Non, décidément, ce soir, quelque chose ne passait pas. Ni le triomphe du jour, ni les encouragements des collègues, ni l'intarissable excitation de la communauté. Tout avait un parfum d'à côté.

Xả^Stelo: Les potes, je ne me sens *pas trop dans mon assiette…*

Hoʻoponopono: Hé, c'est normal, tu te rends compte de ce qui vient de se passer ? La paix, Xả^Stelo, la paix !

Xả^Stelo: Pas trop. Je crois que je vais sortir *prendre l'air.*

Prendre l'air, dans la mégalopole orbitale. Xả~Ög *soupira.* Qui pouvait vivre ici par envie ? Pourtant, iel avait fait ce choix. On lui avait bien fait une proposition d'enracinement, à l'époque, mais c'était sur une planète qui, quoique charmante, n'offrait que peu d'opportunités de carrière. Quant à retourner sur sa planète d'origine… C'était hors de question. Alors quand iel avait reçu une réponse positive du Bureau des Planètes à Potentiel, iel n'avait pas hésité longtemps. Qui avait besoin d'une planète, quand il y en avait des centaines qui attendaient, nichées dans les filaments de la Galaxie ?

Pourtant, aujourd'hui, Xả~Ög remettait en question son optimisme de départ. Même la Terre, iel s'en serait contenté. Cette belle boule bleue, sans jamais l'avoir visitée, iel la connaissait bien, désormais. Et iel se surprenait à rêvasser. Arpenter ses zones inexplorées, s'étendre un instant sur ses plages, suçoter ses sables... Une vie simple, ça valait mieux que le vide de l'espace. Même si le premier jour de paix arrivait, qui des humains voudrait quitter sa planète natale, aussi dévastée fût-elle, pour cet avenir sans lumière ?

Quand Xả~Ög pensa à sa conversation avec América Pérez, à la signature des Jitis, au sort de la Terre, *sa gorge se noua, ses yeux se brouillèrent, ses mains se mirent à trembler.* Ce qui ne voulait absolument rien dire. Iel avait déjà ressenti des émotions universelles comme la tristesse, l'appréhension, l'excitation, mais au sein de son espèce, ça n'était pas sous cette forme qu'elles se manifestaient. À vrai dire, iel était incapable de mettre des mots sur cette vague qui refluait dans tout son être. C'était une sorte de tracasserie impossible à faire taire, un bonheur trop incertain et trop immense pour être contenu dans un seul individu. Soudain, Xả~Ög se rendit compte que, dans l'univers, iel seul et quelques milliards de Terriens auraient pu comprendre son sentiment. C'était un peu tard pour le réaliser : la Terre le touchait, et même lui ressemblait. Quelque part au fond de Xả~Ög, des choses nouvelles naissaient, des sensations qui n'avaient pas de nom. Et c'était les humains qui les réveillaient. *L'enfer.* Ce boulot lui montait définitivement aux affects. Il fallait en finir, au plus vite. Il fallait *se faire violence.*

Pour y parvenir, les moyens étaient rares. À mesure que Xả~Ög raffermissait son intention et précisait sa destination, un sentiment qui ressemblait à la honte s'entortillait autour de sa conscience. En avançant, iel regardait droit devant, non par désir de se rendre invisible – ce qu'iel était probablement déjà de toute façon –, mais pour ne pas croiser d'autres yeux qui auraient pu le faire changer d'avis. C'était peu de le dire, Xả~Ög n'était pas habitué au genre d'endroit vers lequel iel fonçait contre toute logique. C'était la deuxième fois de toute sa vie. La première, iel s'y était fait traîner par un ami, qui n'en était d'ailleurs plus un. Trop de divergences culturelles, sans doute.

Une arène. C'était la meilleure définition qu'iel aurait pu en donner aux humains, même si littéralement le nom voulait dire « l'endroit où l'on expie ». On n'allait pas à l'arène pour régler ses comptes avec les autres, mais avec soi-même. On y allait pour donner et recevoir, pour tabasser et se faire dérouiller, sans ressentiment aucun pour son adversaire puisque les duels étaient décidés par tirage au sort, selon certaines catégories déterminées par des critères physiques. Dans l'arène, toutes les espèces, tous les milieux se retrouvaient. La gravité y était sévère, et la direction déclinait toute responsabilité en cas de mort fortuite.

Mais il y avait pire que la mort : croiser une connaissance. Dans les coulisses de la Galaxie, la violence était autorisée, loin d'être approuvée. La plupart étaient là pour se défouler, d'autres pour tromper l'ennui et la vacuité, et, pour d'autres encore, c'était le seul moyen d'engager un contact charnel, peu importait l'espèce tant qu'il y avait la tiédeur, la moiteur, la viscosité, l'intention d'une rencontre. On racontait d'ailleurs que certains combats ne se terminaient pas autrement que par un rapport sexuel pur et simple, bien qu'il ne fût pas toujours facile d'identifier formellement un rapport sexuel chez d'autres espèces. En tout cas, c'était ce que Xả~Ög avait entendu murmurer au bureau. Mais ce soir, iel cherchait seulement la douleur. Ou plutôt l'absence de sensation, qui venait quand le corps tout entier se remettait de son brutal épisode, disséminant les substances du réconfort dans tous les vaisseaux. C'était une réaction chimique qui fonctionnait sur les humains, alors pourquoi pas sur iel ?

Quant aux affrontements en eux-mêmes, s'il avait fallu en écrire les règles, elles auraient fait des milliers de pages, afin de prendre en compte les détails morphologiques de chaque espèce. Pour ne pas toucher aux points les plus sensibles et potentiellement mortels, seul impératif de l'arène, on entourait avant le combat les zones à cibler de préférence. Elles émettaient des lumières pour les uns, des vibrations pour les autres, et tout un panel de signaux adaptés à toutes sortes de perceptions sensorielles.

Xẩ~Ög attendait le verdict de la loterie avec appréhension, scrutant la salle en jaugeant chacun des individus pouvant entrer dans sa catégorie. Avec ses crocs acérés, ce type pressé d'en découdre aurait pu lui sectionner les membres en une fraction d'instant… Et cette créature à cinq queues préhensiles promettait mille tourments… Un gaz brûlant s'échappait des orifices de l'être qui se tenait juste à côté d'elle. Quant au mastodonte tapi dans l'ombre du vestiaire, la simple idée de s'en approcher pour se frotter à ses piquants urticants suffisait à procurer des lésions mentales suppurantes. Pourtant, contrairement à la première fois, Xẩ~Ög n'avait pas peur. Du moins, pas seulement peur. Quand son numéro de participant retentit, clignota et pulsa dans toute l'arène, iel s'avança d'un élan devant les portiques d'accès, parcouru d'un drôle de *frisson.* Ça allait faire mal, et ça allait faire du bien.

Xẩ~Ög n'attendit pas un instant de plus, lorsque le signal eut retenti, pour fondre sur son adversaire. Objectif : claquage des esgourdes entre les deux membres supérieurs. Impossible de rater ce coup si profondément ancré dans ses réflexes immémoriaux. Franche réussite : l'opposante était sonnée, cela se devinait à son expression. Mais son corps avait pris le relais, et Xẩ~Ög vit aussitôt quatre lames de cartilage foncer droit vers son front. Iel sentit ses cœurs palpiter dans tout son être, et, fasciné par cette *vision cauchemardesque*, iel laissa venir le coup.

Qui le projeta contre la paroi opposée, secoua tous ses récepteurs, et réveilla un vieil automatisme enfoui depuis plus de trois mille ans au fond de son patrimoine génétique : celui d'écrabouiller la gueule de cette enflure, de lui faire *bouffer ses morts*, un tentacule à la fois dans sa tronche boursouflée, puis saisir et écarter, centimètre par centimètre, écarteler jusqu'à fendre sa peau rigide et dévoiler les fibres déchirées de sa chair…

Sauf qu'elle *ne l'entendait pas de cette oreille.* Elle lui avait déjà coincé le manteau dans un angle bizarre, et Xẩ~Ög se sentait comme rangé dans un tiroir exigu, triangulaire. Un peu d'oxygène transitait encore dans ses vaisseaux, mais iel sentait ses forces diminuer d'instant en instant. Iel visa un morceau saillant, y planta le bec et enfonça toutes les pointes de sa mâchoire dans le flanc offert, puis se mit à aspirer la peau, enroulant dans le même temps ses bras autour de la carapace, resserrant petit à petit son étreinte. Iel n'avait pas la prétention de broyer son adversaire, mais avec un peu de chance, cela la ferait paniquer, rigidifierait ses membres prisonniers et rendrait la cassure plus facile.

Au lieu de quoi, Xả~Ög subit un assaut imprévu, en plein milieu de la figure, d'un organe insoupçonné. Qu'est-ce que c'était que cette chose ? Était-ce… Oui, c'était son sexe. Bien que troublé, iel ne lâcha pas prise. C'était un coup autorisé. Le sexe de cette espèce était réputé pour être imposant, en particulier celui des femelles, mais il n'était ni très contondant, ni très tranchant. Xả~Ög aurait bien sorti le sien, histoire de rivaliser un peu, mais iel n'en possédait pas, ce qui lui valait déjà assez de soucis comme ça. Cela dit, l'autre rangea rapidement l'instrument quand elle réalisa que ça n'avait pas l'effet escompté.

La pression s'était sensiblement relâchée dans l'arène. Et sans prévenir, Xả~Ög eut envie de rigoler. Alors iel laissa surgir cette impulsion et se mit à convulser, à tressauter, et fit subitement naître un trait d'air, qui s'échappa d'on ne savait où, en bulles rondes et joyeuses. De quoi déstabiliser l'adversaire. Pour sûr, c'était la première fois de sa vie qu'elle assistait à un truc pareil, et c'était bougrement plus curieux qu'un sexe, car les sexes avaient beau revêtir des formes diverses et variées, eh bien… ils restaient des sexes.

Xả~Ög profita de ce moment de désarroi pour envoyer sa ventouse en plein dans le mille, c'est-à-dire dans les capteurs sensoriels d'en face. Mais iel avait assez donné, et le coup, si savamment orchestré, ressortit mollement de son appendice. L'opposante le réalisa vite, et le lui rendit bien. Ainsi allait la vie. *Plaisir d'offrir, joie de recevoir.* La procédure habituelle, à ce qu'on lui avait dit. Et tandis que des pinces pénétraient jusqu'à ses terreurs les plus intimes, iel s'ouvrait et s'ouvrait plus encore, jusqu'à ne plus constituer un être entier mais deux, déchirés dans leur milieu. Quand iel fut dans l'obscurité la plus totale, et que plus aucune perception ne parvint à percer son silence matriciel, iel lança le signal qui seul pouvait mettre fin à cette débâcle. On tracta son corps si lourd en dehors de l'arène, vers des abysses plus profonds encore, d'où iel ne se réveillerait que des cycles plus tard, comme les humains se réveillaient d'une cuite mortelle dans un lit étranger. Pour l'instant, les sens tout chamboulés, iel se laissait emporter dans ce tournoiement caractéristique des *bandes dessinées*, qui lui faisait voir des étoiles, des *papillons*, des *hirondelles*, des *avions en papier*.

OUVRIERS DE LA PAIX

La paix tardait encore, mais plus rien ne pouvait arrêter América. Et certainement pas une bande de grands enfants qui avait mis la main sur une caisse de joujoux et ne pouvait pas s'empêcher de disperser des balles partout dans la salle de jeux. C'eût été doux, de se laisser bercer par l'illusion de l'accomplissement, dans ce confort qui suit l'effort, à attendre le premier jour de paix. Mais Xả~Ög avait raison. Elle avait fait le choix de ce métier, et le ferait aussi longtemps que nécessaire. Or il restait un énième foyer de violence, où personne n'avait réussi à enrayer la situation, et une émissaire s'était fait tirer dessus.

Drôle de passion, ça, émissaire. Des vagabonds. Combien disait-on qu'ils étaient ? Plusieurs milliers, des centaines de milliers si on comptait les conciliateurs occasionnels. Penser à eux remuait immanquablement le désagréable sentiment d'être démasquée en train de ne pas en faire assez. Comment osait-on se reposer quand il y avait encore tant à résoudre ? Et quand une broutille menaçait de ranimer le feu de la guerre ? Et quand l'enjeu était celui du dernier combat, le tout dernier à se dérouler sur cette planète ? América pouvait-elle vraiment laisser cela arriver ? Voilà ce qu'insinuait Couic en furetant entre les coussins, en se perchant sur ses épaules pour renifler ses lobes d'oreilles, et en couinant, couinant, tandis que la pluie inlassablement continuait de battre les carreaux, de noyer la terre, de s'infiltrer par tous les interstices de la volonté.

Alors elle avait demandé à être envoyée à Bel Horizon. Après un détour par l'ancienne Colombie, elle avait atterri là avec Aureliano Caballo et sa clique courte sur pattes. Et maintenant, en plus de cette ultime négociation, elle devait veiller sur son rapatrié. Ce qui n'était pas une mince affaire. Le matin même, il avait levé la main sur l'un des enfants, qui s'était chamaillé avec un autre pour une affaire d'orange. Heureusement, nombre de passants étaient intervenus pour calmer le jeu. Cet après-midi, ça allait mieux, Aureliano et son escorte avaient entrepris la construction d'une étrange arche faite de déchets en tout genre, « pas un mausolée, promis ! » avait-il cru bon de préciser. Avec son air mi-grand-père, mi-patibulaire, il lui faisait de la peine. Mais par-dessus tout, América avait de la peine pour elle-même. Elle avait dû venir jusqu'ici pour réaliser la plus sotte des idées. Le lieutenant Reynold lui manquait.

Elle prit une profonde respiration. Si l'on mettait de côté les regards soupçonneux auxquels elle avait parfois droit, l'endroit était agréable. La ville était juchée sur un promontoire naturel, qu'un rideau rocheux protégeait du vent. Suffisamment proche de la côte pour profiter de l'air frais de la mer, suffisamment loin pour éviter les tempêtes du large. Tout autour, c'était vert, presque luxuriant. Des cultures naissaient en patchwork aux abords des habitations et descendaient en escalier jusque dans l'intérieur des terres.

Et puis, il y avait du soleil. Elle ne s'en était rendu compte qu'au moment où elle avait mis la tête en dehors de l'avion. Elle avait aussitôt senti sécher, à l'intérieur et à l'extérieur, toutes ces choses qui ne laissaient pas de moisir sous la pluie ininterrompue de Poutorana. Éclairé par tous les rayons de la providence, le reste de la journée lui avait paru simplissime. Jusqu'au moment où un jeune infirmier l'avait conduite devant ce banc qui offrait une belle vue sur le parc arboré de la maison de repos.

L'émissaire était là. Elle était… âgée. Mais peut-être moins qu'elle n'en avait l'air, avec sa peau tannée, son teint très pâle et ses traits tirés, son corps recroquevillé, la main droite en rempart sur le ventre, sur ce qui devait être sa blessure. Tous les émissaires qu'elle avait croisés dans sa vie étaient de cette nature-là, quel que fût leur âge d'ailleurs : le corps ravagé par la mission. América se rappela vite, non sans une pointe d'émotion, que les émissaires avaient porté la paix à bout de bras depuis la plus profonde des noirceurs. Et que c'était parce qu'il y avait eu des gens comme eux qu'il pouvait y avoir des gens comme elle.

— Bonjour, je suis América Pérez. Avez-vous entendu parler de moi ?

— Tout le monde t'a vue et entendue arriver, je te rassure.

— Est-ce de là que vient l'animosité envers moi ?

— Ça, c'est l'excès de politesse. Ça te catégorise illico dans l'ancien monde, un « instrument de la catastrophe ». Mais tu as dû impressionner les jeunes, avec tes gros réacteurs. C'était exactement ce qu'il leur fallait. Les as-tu rencontrés ?

— Ce matin. Je les ai trouvés conciliants. Il faut dire que vous… tu avais préparé le terrain. Tu as une drôle de manière de procéder, mais…

— Ça ne faisait pas partie de la procédure, tu t'en doutes.

— L'événement les a secoués. Blesser une personne extérieure leur a rappelé qu'ils n'étaient pas dans une microsimulation. Et puis, tu es émissaire.

— Ce culte de la fonction, ça ne me plaît pas.

— Je n'y vois nulle adoration, seulement une profonde marque de respect.

— Comment s'est passée la conciliation ?

— Les parties ont accepté un cessez-le-feu et ont consenti à élargir le nombre d'acteurs prenant part à la négociation. C'est la moindre des choses, vu le bazar qu'elles ont mis dans la ville. Les discussions démarreront demain.

— Je m'en suis rendu compte trop tard, le reste du monde surveille ce conflit avec attention. On en parle même comme d'une « anomalie ». Tu te rends compte ? Dis-toi que les circonstances sont avec toi : pour des jeunes en mal d'attention, signer la fin d'un combat de « renommée internationale » sera la plus grande des consécrations.

— Les adultes m'ont avoué que c'est aussi pour cette raison qu'ils t'avaient demandée, toi. Ils pensaient que faire venir une émissaire célèbre aurait valeur de symbole, que ça impressionnerait les enfants.

— Ils ne m'en avaient rien dit… Et quelle mauvaise décision ! Si la dispute avait été prise plus tôt… Peu importe, il est toujours trop tard pour les « si ». As-tu déjà une idée de transformation pour le conflit, ou préfères-tu te contenter d'une paix négative ?

— Je crois que nous pouvons viser davantage que l'absence de violence, atteindre une paix positive et transformatrice. Il y a un grand mur blanc, sur le terrain vague où les parties ont pris l'habitude de combattre. J'ai envie de leur suggérer une fresque.

— Un grand mur blanc, tu dis ? Pourquoi ne pas leur proposer d'en faire un cinéma en plein air ?

— Et on n'y projetterait que des films de baston ?

— Ça me paraît tout à fait approprié.

— Et pour ceux qui ont besoin de prendre part à l'action, des tournois de chessboxing.

— Comment tu dis ?

— Un round d'échecs, un round de boxe. Et ainsi de suite. En laissant traîner l'oreille, je les ai entendus en parler entre eux ce matin.

— De la boxe et des échecs ? Drôle d'idée.

— Ils disent qu'ils ont vu ça dans une vieille BD.

— Excellent !

— Une paix rondement menée.

— Tu sais, ça m'a pris un moment, mais j'accepte de mieux en mieux l'idée qu'on ne peut pas éradiquer les pulsions de violence chez l'être humain, même dans une population jeune qui aurait entièrement grandi dans une culture de la paix. Mais il y a plusieurs voies : développer la capacité d'inhibition de ces pulsions, porter la violence vers des activités qui défoulent…

— Évidemment, ces gamins n'ont rien de déviant. Simplement, leur énergie n'est pas canalisée vers la bonne activité. Sans vouloir paraître indiscrète… Que s'est-il passé ? Qu'est-ce qui a déraillé ?

L'émissaire grimaça.

— C'est moi qui ai déraillé. Il aurait été bon d'enregistrer la scène et de la diffuser comme une démonstration de tout ce qu'il ne faut pas faire en conciliation, je m'en serais repentie. Je me suis approprié le conflit, par impatience. J'ai transformé les points d'interrogation en points d'exclamation. J'ai répondu à la provocation, comme une vulgaire adolescente. Comme… Comme la vulgaire adolescente que j'étais. Je pensais avoir changé. Mais je suis toujours là, au fond, pleine de colère.

— Il y a de quoi être en colère.

— Et puis, c'est toujours simple, simplissime même, hein ? Toujours le même scénario. On est là, on analyse la situation, on lui applique la réponse A, B, ou C, en fonction du cas. Oh, on ajuste, chaque situation est unique, n'est-ce pas ? Mais à chaque fois c'est la même chose. Répéter les mêmes mots, entendre les mêmes objections, calmer les mêmes ardeurs, éponger les mêmes pleurs…

— Je te suis complètement.

— Sans fin, c'est sans fin !

— Et pourtant non. Sur ce point, je ne suis pas d'accord avec toi. Cette fois, c'est vraiment la dernière des dernières.

— Ne me fais pas rire comme ça, cela me fait extrêmement mal.

— Ce n'est pas une plaisanterie. Ce conflit est le dernier de la planète Terre. Il n'y en aura pas d'autre.

— Oh, non ! Je suis encore en train de délirer sous l'effet de la fièvre et des médicaments, c'est ça ?

— Je sais que c'est dur à avaler. Moi-même, j'ai du mal à le croire.

— Comment peux-tu en être certaine ? Quelles sont tes sources ?

— Il y a un suivi assidu… sur le terrain.

— Ah, ouais, c'est ça. Jamais vu quelqu'un comme toi sur le terrain.

— La nouvelle se propagera vite, je t'assure. Il y a Internet.

— D'accord, admettons, le premier jour de paix. Et après ?

— S'il y avait, disons, un enjeu plus grand ?

— Grand comment ?

— Un enjeu plus loin… Jusque dans les étoiles.

— Ah non, c'est pas vrai ! Je suis vraiment entourée par les zinzins de l'espace.

— Tu veux dire que tu connais quelqu'un d'autre qui…

— Des énergumènes qui perdent le sens des réalités ? Oui, tout un tas.

— Le flash de lumière, comme une supernova, il y a quelques semaines, c'était ça.

América passa les vingt minutes suivantes à exposer à l'émissaire ce que celle-ci devait considérer comme un délire bien ficelé, et qu'elle aurait d'ailleurs trouvé fort divertissant si son interlocutrice n'avait pas cru en chacun des mots qu'elle prononçait. Mais, malgré la honte, América ne pouvait s'empêcher de parler. Les mots jaillissaient tout seuls en un flot ininterrompu, ponctué par les couinements de Couic, particulièrement agité à l'intérieur de sa veste, et qui ne cessait de montrer le bout de son museau par le col.

Quand América eut terminé, l'émissaire laissa retomber dans un grand soupir des épaules qu'elle n'avait cessé de refermer au fur et à mesure du monologue. Puis il y eut un long silence, pendant lequel elle parut plongée dans une profonde réflexion. Avait-elle vraiment besoin de lui faire part de ses conclusions ?

— En plus, qu'est-ce qui te dit que l'espace, c'est mieux qu'ici ?

— Mais il n'y a… Il n'y a pas d'autre choix…

Esfir laissa planer cette idée nouvelle dans la tête d'une América qui se décomposait de seconde en seconde. Même si ça ne lui avait pas franchement réussi lors de sa dernière tentative, Esfir était une nouvelle fois en train de donner son avis. Et ça faisait du bien, de dire tout le fond de sa pensée, de ne pas l'enrober de précautions pour ne pas froisser, de ne pas restructurer en permanence son schéma pour se mouler dans ceux des autres.

Au moins, la diplomate n'allait pas lui tirer dessus. Elle était en train de réfléchir fort, ça se voyait. Mais elle pouvait chercher longtemps pour trouver de bonnes raisons de vouloir partir de cette oasis dans l'espace, où l'air était gratuit, où l'environnement était modelé pour l'humain, ou plutôt l'humain modelé pour lui. Que désirer de plus qu'un soir comme celui-là, apaisé et riche de toute l'expérience du jour ? Qu'y avait-il là-bas qu'il n'y avait pas ici ? Esfir chercha la réponse dans les yeux d'América, mais elle n'y trouva qu'une lueur égarée dans le vide spatial.

— Je ne voulais pas dire ça, je m'excuse. Il y a de quoi perdre la boule, je le sais mieux que quiconque. Ce que je veux dire… Je ne te trouve pas particulièrement bizarre. Je pense même que tu es tout à fait capable.

— Je me suis empressée, je n'aurais pas dû, et je m'excuse de t'avoir impliquée là-dedans. Il y a des choses qui devraient rester dans la tête de chacun et chacune.

— Alors, maintenant que les excuses ont été exprimées, repartons sur de bonnes bases ?

Il y eut un blanc, et elles éclatèrent de rire.

— Et si pour une fois, entre initiées, nous laissions tomber le protocole ? Nous ne sommes pas dupes.

— Il n'y avait nulle duperie, seulement une volonté sincère.

— Bien entendu.

— Alors c'est d'accord.

— Je n'aurais pas dû te dire tout ça, c'est certain. Mais la vérité c'est que, malgré tous les gens que je côtoie, je n'ai personne à qui parler.

— Une certaine forme de solitude. Un creux qui se crée à remplir d'autres vides de toute sa force vitale.

— Oui… Quelque chose comme ça.

Un gros oiseau vint se poser près d'elles, son long bec emmêlé dans un genre de filet en plastique. S'étant rapproché, il semblait même dévisager América, lui lancer un message brouillé de ses yeux en tache d'encre. Quand il avait atterri, elle avait eu un mouvement de recul, car son envergure ailes déployées était intimidante. Mais désormais il restait rangé, s'équilibrant sporadiquement d'une patte palmée sur l'autre, d'une manière un peu ridicule, tout en continuant à la dévisager. Elle restait pantoise. Elle n'avait jamais vu un oiseau aussi gros d'aussi près.

— Il te fait peur ?

— Non ?

— J'aurais pensé, comme tu trimballes un rat… que tu aimais ça, les animaux.

— C'est… plus compliqué que ça.

— Tu vas faire quelque chose ?

— Quoi donc ?

— L'oiseau. Il te demande de l'aide.

— Hein ? Vraiment ?

— Qu'est-ce que tu crois, qu'il veut t'inviter à boire un coup ?

— Non, mais…

— C'est courant, désormais. Dans la mer aussi, les créatures qui survivent au poison de l'eau sollicitent les humains pour les libérer des pièges.

— Ils n'ont pas peur ?

— Ils n'ont pas de meilleur choix. Les humains ne sont plus une menace pour eux : ils sont tellement toxiques que personne ne se risquerait à les bouffer, de toute façon. Tu as un couteau ?

Elle secoua la tête.

— Laisse-moi faire.

Voyant approcher l'émissaire, l'oiseau eut un mouvement de recul, mais il ne s'envola pas. Il luttait contre des millions d'années d'évolution, qui le sommaient de s'enfuir à toute vitesse loin de ce prédateur. Pourtant une information nouvelle l'incitait à rester, à s'exposer, dans l'espoir de voir sa vie prolongée de quelques semaines. Et il lutta pendant toute la durée de l'opération, de pas en arrière en pas en avant, tandis qu'Esfir sectionnait méthodiquement chacun des fils emberlificotés autour de son bec. Quand l'opération prit fin, il tituba un peu, ouvrit le bec à plusieurs reprises, hocha bizarrement la tête, et s'envola vers le large dans de grands battements d'ailes. Il ne savait pas dire merci, ou pas encore.

— Peut-être qu'ils nous aiment bien, finalement.

— Ils auraient la mémoire courte.

Esfir secoua doucement la tête. Elle se tenait toujours le flanc d'une main protectrice et gardait la posture figée de l'animal sur le qui-vive, comme si toute contrariété pouvait représenter un assaut à sa fragile intégrité physique. Et dans cette fragilité, elle dégageait une force quasi surhumaine.

Mystérieux émissaires, acharnés ouvriers de la paix.

— Quelles sont les forces qui vous animent ? Quels sont vos buts premiers, vos peurs primaires ?

— Tu parles de moi ou de l'ensemble des émissaires ?

— Toi, je voulais dire, toi.

— Un exercice fameux de première année d'irénologie ! On ne peut correctement poser la question aux parties d'un conflit sans se l'être d'abord posée à soi-même.

— Mais l'as-tu jamais refait, cet exercice ? Moi, jamais.

— Veux-tu… J'ai des ardoises, on pourrait tracer nos histoires, dessiner nos modèles respectifs, les comparer ? Les cartes vierges sont rangées juste là, dans mon sac.

— Ne bouge pas, je les attrape.

Le cœur grésillant, elles s'adonnèrent au devoir libérateur, et firent s'envoler le poids de ce qu'elles s'étaient refusées à voir en elles-mêmes durant ces longues années de service. Pas de regret. Il y en avait des victoires, des étoiles, des sommets qui valaient mieux que tous les réconforts du nid.

— Qu'est-ce que ça fait, de voir les Jitis signer la paix, la paix mondiale, après toutes ces décennies, que dis-je, après ces siècles de guerres ?

— D'après toi ?

— De la fierté ?

— Exactement la même chose que de voir une bande de gamins se serrer la poigne après une embrouille. Du soulagement, d'abord.

— Tu as raison, il n'y a pas de petits conflits.

— Alors j'espère que tu viendras, demain.

— Pour la dernière ou la énième fois, je viendrai.

DES GENS QUI ME RESSEMBLENT

Pour une fois, BL Sh'kaxi l'avait convaincu d'aller à la grande piscine. On se posait là et on regardait défiler les espèces chamarrées, *ondulant des hanches* ou de tout attribut de séduction. C'était d'ailleurs la principale raison pour laquelle Xả~Ög n'y allait pas souvent. La grande piscine, ça n'était rien de plus qu'un gros bassin coincé entre deux bouts d'espace. Mais la température était idéale, et BL Sh'kaxi avait ce grésillement rieur qui courait en fines bulles dans le creux de l'hyponome. C'était agréable et doux, même si cela ne pouvait vouloir dire qu'une chose : elle était en train de manigancer. Elle lui avait d'ailleurs déjà négligemment déposé son bras écailleux sur le manteau.

— Allez viens, on est fous, on y va.

— On est déjà à la grande piscine, comme tu le voulais. Où veux-tu aller encore ?

— Sur Terre, bien sûr !

— Ne dis pas de sottises.

— Ça te fait rêver, hein ? *Fais tes valises.* On ira tâter l'onde *au clair de lune.*

— La mer terrienne est une déchetterie.

— Dans quelques révolutions standard, après le passage de la brigade, ce sera *le paradis*. Une simple formalité.

— Arrête. Arrête de parler comme si la paix était là.

— Xouxou'xoouuu ! C'est ta première planète, bloupe un coup. Il y en aura d'autres. Des dizaines d'autres !

— Je ne crois pas, non.

Sh'kaxi se renfrogna, et le silence s'installa. Mais elle avait raison. Depuis qu'iel l'avait rencontrée aux jardins du clair de Sandor, quelques cycles plus tôt, le destin avait pris un tour surprenant. Et le pire, c'est que c'était pour le mieux. Finalement, contre toute attente, peut-être que Xả~Ög était capable d'accomplir quelque chose ! C'était bizarre, mais iel commençait à s'y faire. Cependant, difficile de contenir la mémoire de tous ses échecs que cette victoire inespérée faisait remonter. À commencer par le plus cuisant de sa vie. Un échec qui ne pouvait en être un, puisqu'il n'était nullement question de compétence. Et pourtant…

— Tu sais, BL…

— Qu'y a-t-il ? Je ne te connais pas cette couleur.

— Tu ne t'en rends sûrement pas compte, vu que tu ne connais pas mon espèce… mais je suis un échec vivant.

— Qu'est-ce que tu racontes encore, XảXảXả ?

— C'est-à-dire… Je n'ai jamais amorcé ma transition, dans un sens ou dans l'autre du spectre sexuel, au moment de ce que les humains considéreraient être la puberté, puisque c'est un repère qu'eux et moi avons en commun.

— Je crois que j'ai déjà entendu parler d'une chose comme ça parmi les tiens. Mais quel âge as-tu ? Ça pourrait encore arriver, non ?

— Peu de chances, j'arrive à la fin de la période. D'un point de vue physiologique, je suis resté un enfant, une larve, si tu préfères.

— C'est formidable ! Cela veut dire que l'univers en personne t'a donné droit à l'existence.

— Que veux-tu dire ?

— Dans ton espèce, on meurt en se reproduisant ou en donnant naissance à sa progéniture, non ?

— Non, ça, ce sont les képs, d'autres spatialopodes. Nous nous ressemblons, j'en conviens, mais moi j'ai des rayures, là sur le manteau, tu vois ? L'évolution a épargné à mon espèce une mort prématurée, et chez nous le sexe est répété, voire extrêmement fréquent. Il a une place très importante dans notre culture, et moi je ne peux pas ressentir de désir.

— Je m'excuse, il y a tellement d'espèces. Je croyais…

— Pas de problème. Et puis, les képs ont réglé depuis longtemps ce problème ? Comment auraient-ils pu construire une civilisation et conquérir l'espace, s'ils devaient périr au moindre attouchement ?

BL Sh'kaxi laissa échapper quelques bulles euphoriques, et fit onduler ses épines harmonieusement au rythme des courants artificiels. Elle n'était pas laide. Mais si… différente. Le manteau de Xả~Ög se retroussait à la simple idée d'échanger sa nourriture avec elle, bec contre lèvres, ventouse contre…

— Xả~Ög ? Ça va ? Tu vires au noir cosmos. Je ne pensais même pas cela possible.

— Hein ? Ah ! Ça va.

— Quand même, on peut espérer buller deux secondes sans avoir à justifier du bien-fondé de son existence, et sans tout rapporter au sexe biologique ! Excuse-moi de te le dire, mais les obsessions de certaines espèces me laissent songeuse.

— Facile pour toi de dire ça, vous n'avez que des femelles.

— Tout ça, ce ne sont que des pinaillages intraspécifiques qui ne captivent que les premiers intéressés. Je suis sûre que les humains ont les leurs.

— Les humains ont cessé de se quereller pour des histoires de forme ou de couleur quand ils ont pris de plein fouet les effets du grand filtre.

— Le grand filtre ?

— C'est le nom que donnent les humains à ce que nous appelons « l'extrême limite ».

— Oh, cette limite qui veut que la survie d'une civilisation soit déterminée par sa capacité à rejoindre l'espace avant d'avoir consumé toutes ses ressources planétaires ?

— Oui. Les humains étaient dans une exponentielle, et la désillusion a été brutale. Mais c'est cette désillusion qui les a sauvés. Désormais il n'y a plus que la nourriture et l'eau de demain, et ce problème réglé, les autres peuvent bien faire ce qu'ils veulent de leur vie. C'est cette tolérance nouvelle, précisément, qui les a mis sur le chemin de la paix.

— Je le sens, tu prends ce boulot trop à cœurs, Xả~Ög. Les humains, ce sont juste de nouveaux prétendants, ni les plus beaux, ni les plus intelligents.

— Tu peux difficilement comprendre mon sentiment. Ton espèce n'a jamais été dans cette position de « prétendant ». La mienne, oui, et le souvenir en est encore frais. Mes aïeux ont connu l'Entrée eux-mêmes.

— C'est vrai qu'Atol'li n'est dans le Pacte que depuis cent révolutions standard. J'ai tendance à l'oublier, tant vous avez apporté depuis que vous êtes arrivés.

— C'est que l'espace civilisé est surtout habité de peuples du sol. Dans toute la Galaxie, les environnements abyssaux restent méconnus, tandis que nous en avons une compréhension aiguë. En fait, nous aurions dû Entrer il y a déjà trois cents révolutions, mais il subsistait un conflit noueux, particulièrement retors à délier. Si nous avions connu l'enjeu…

— Le Pacte Galactique est ainsi fait, et la règle est la même pour tous : toute planète en paix a droit à l'univers, mais ne peut pas le savoir avant de l'avoir remporté. C'est une règle inaliénable, de même qu'une planète ne peut se voir refuser ou dissimuler l'accès à l'espace dès l'instant où elle remplit toutes les conditions nécessaires. La Galaxie, ça se mérite. La Terre a réussi, grand bien lui fasse. Que comptes-tu faire de ton encombrante passion pour les humains ?

— Derrière la planète, derrière l'espèce, il y a un peuple, des personnes. Je les suis de près, je me suis attaché à elles…

Leaders, émissaires et arbitres d'un jour, pédagogues et orfèvres de la technique, thérapeutes, artistes et tout un chacun…

comme celle de Xả~Ög, la mission des correspondants touchait à sa fin. Leur rôle avait-il vraiment été déterminant dans la paix sur Terre ? Xả~Ög voulait le croire, mais iel savait qu'ils ne pouvaient en être les seuls artisans.

Il y avait surtout des agents inconscients, tels que cette émissaire, cette Esfir. Xả~Ög se souvenait d'elle. Elle faisait partie de la liste des contacts possibles, mais le programme de sélection l'avait rapidement écartée : elle n'avait pas besoin d'une motivation externe pour passer à l'acte. Cela aurait même été source de confusion, ce qui aurait pu mettre à mal sa mission. Ce n'était pas facile de choisir les correspondants. Certains viraient complètement fous en moins de temps qu'il ne fallait pour dire « *zinzin* ». América n'en était pas passée loin, à force de se promener dans les centres psychiatriques. Elle allait enfin pouvoir mettre son esprit anxieux au repos.

— Tu m'excuseras, Xả~Ög, mais j'ai besoin de remonter à l'air libre, je n'aime pas trop rester immergée des heures durant. Ça m'a fait plaisir de te voir. On se refait ça quand tu veux.

Quelle chance avaient les amphibies ! L'univers tout entier leur était accessible. Pas étonnant qu'ils aient été parmi les premiers à conquérir l'espace.

De nouveau, BL Sh'kaxi lui avait effleuré le creux du manteau du bout de ses dactyles chatouillants, dans un geste d'affection sans ambiguïté… du moins… selon le référentiel de Xả~Ög. Un instant plus tard, elle remontait gracieusement vers la lumière de la surface, traîne ondulant comme une longue *chevelure*. Pour un humain, le spectacle aurait été captivant, rappelant certainement les mythiques sirènes. Mais peut-être qu'ils trouveraient l'espèce particulièrement hideuse. On le saurait bien assez tôt. Et qu'est-ce que ça pouvait faire ? Tout ce qui importait, c'était ce que Xả~Ög voyait, là, en ce moment même, et ce qu'iel voyait, c'était la beauté intersidérale.

« *Toutes mes félicitations*, Xả~Ög », « *Champagne !* », « Tu as conquis cette victoire *à la force de tes poignets* ! » Les expressions humaines avaient envahi le parler galactique, et l'allégresse gagnait les travailleurs du Bureau des Planètes à Potentiel.

— Vous voilà tous passionnés par la Terre !

— Comment ne pas l'être ? Chaque nouvelle Entrée dans le Pacte est à chérir depuis la fin de la Grande Solitude. C'est un événement d'une portée universelle.

— Ça y est, Xả~Ög, ton premier système pacifié ! C'est le début d'une longue série.

Oui, Xả~Ög pouvait s'imaginer parmi les meilleurs éléments du BPP, avec pour seule prime la joie de faire grandir le Pacte. Mais iel savait à présent : ce n'était pas cela qui l'avait attiré au Bureau des Planètes à Potentiel. C'était un besoin plus profond, un besoin viscéral d'altérité.

— Je ne traiterai pas d'autre dossier. J'ai pris ma décision : je vais m'installer sur Terre.

— Nous nous attendions un peu à cette réaction. À vrai dire, tu n'es pas le premier à t'enticher de ton dossier !

— Nous serons tristes de te voir partir…

— Tu as amplement mérité ta migration, Xả~Ög !

— Mais quand même, cette planète t'est vraiment *montée à la tête* !

— Qu'est-ce qu'elle a de plus qu'une autre, *à tes yeux* ?

— Il y a les paysages, si variés et si luxuriants malgré les dégâts irréversibles causés à la biosphère, et qui renaissent même çà et là, explosant de fleurs, d'arbres, d'êtres vivants. Mais je sais qu'il en existe des milliers d'équivalents à travers toute la Galaxie. Il y a les correspondants, auxquels je me suis attaché et que je serais honoré de rencontrer, mais la plupart seront morts avant que j'aie effleuré la surface de la planète. Et puis il y a le peuple, et l'histoire qui résonne en moi, avec ses échecs, ses éclats, sa souffrance et sa ténacité qui s'ignore. Je le sais désormais, si la violence est optionnelle, la douleur est nécessaire. Cette douleur, je l'ai partagée avec les humains, je l'ai portée avec eux, et je vis avec eux cette ironie qui veut que la victoire soit meilleure lorsqu'elle est difficile. Et puis… M'installer sur Terre est une décision raisonnable. Les humains apprécieront que je sois d'une espèce subaquatique : aucun risque que j'*empiète sur leurs plates-bandes*.

— Tu plaisantes, Xả~Ög ! Les humains adoreront t'avoir comme ambassadeur galactique.

Xả~Ög. Ambassadeur galactique. Sur la planète Terre. L'univers entier se fondait en iel de plaisir, et iel ne sentait même plus le poids de la gravité. De gaieté, iel aurait pu s'envoler immédiatement pour le système Sol.

AU PREMIER JOUR

Pouvait-on le sentir dans le fond de l'air ? En se réveillant de sa sieste forcée par les antidouleurs, Esfir avait tenté d'en humer des bribes, des indices, mais cela avait tout l'air d'un après-midi comme les autres. Jusqu'au coucher du soleil, elle avait arpenté les rues d'un pas alangui, à la recherche des preuves tangibles de ce nouveau monde, prêtant tout juste l'oreille à la rumeur qui s'était muée en clameur au fil des heures. Au crépuscule, elle avait pourtant dû se soumettre aux exhortations de la liesse. « C'est aujourd'hui ! », « C'est le premier jour de paix ! », « Et regardez comme le temps est clair ! »

« Vraiment, en êtes-vous sûrs ? voulait rétorquer Esfir. América, tu ne vas quand même pas les laisser croire une chose pareille ? » Toute cette excitation, pour quelque chose qui pouvait s'effondrer dès demain ! Il fallait garder la tête froide, maintenant plus que jamais, et non se mettre à sautiller, à chanter, à… Qu'est-ce que c'était que ces chapeaux ridicules, d'ailleurs, et ces accoutrements colorés, et ces débordements hilares ? La paix, ça n'était pas un jeu, on ne pouvait pas remporter la partie.

Le pouvait-on ?

Esfir relâcha les épaules, pour voir. Défronça les sourcils, et laissa naître un sourire à ses commissures. C'était agréable. Pour ce soir, seulement pour ce soir, peut-être était-il possible d'y croire. Dès demain, il faudrait revenir au guet. Mais ce soir elle voulait se laisser porter par la joie qui faisait sortir, courir et s'embrasser les foules. On était peut-être un peuple de merde, sur une planète de merde, mais aujourd'hui on avait réussi à accomplir quelque chose. La paix. Une paix partagée à grande échelle, au même instant.

Esfir porta la main à sa blessure. Ça faisait mal, plus que ça n'aurait dû. « Je ne peux pas t'amputer le ventre, avait prévenu le docteur, alors tu ferais mieux de t'en remettre. » Ne restait plus qu'à espérer, à scruter le moindre signe d'amélioration dans les suppurations, sur les compresses, aux abords rougeoyants de la plaie. Il aurait peut-être fallu revoir le docteur plus vite que prévu, mais elle se retenait.

Elle dut se le rappeler une nouvelle fois : ce soir, il n'y avait rien à négocier. La douleur se calma un peu. Les pensées s'apaisèrent. Alors Esfir prit une longue inspiration, la plus ample, la plus lente possible. Puis elle se tourna vers América et leva son verre.

La négociatrice prêta à peine attention à son geste d'invitation. Elle ne remarquait même pas le banquet qui s'était dressé inopinément en plein milieu des rues maculées de boue, ni les danseurs improvisés qui bondissaient par-dessus les tables, ni les rires, ni la musique qui emplissait l'air jusqu'à chatouiller les poumons. América scrutait le fond du ciel.

Et ce qu'elle voyait, c'était l'espace grand ouvert.

Remerciements

Merci,

À Florian, Valérie, Hélène, pour leurs (re)lectures attentives.

À Monsieur Lautard, Richard Sorba, pour leurs encouragements.

BIBLIOGRAPHIE CHOISIE

Harald Welzer, *Les Guerres du climat : pourquoi on tue au XXIe siècle*, Gallimard, coll. « Folio actuel », 1re éd. en 2009

Conflits armés pour l'accès aux ressources, migrations, fermeture des frontières… Cet essai, écrit il y a bientôt quinze ans, est de plus en plus d'actualité. Il tente de décrire ce qui attend l'humanité dans les prochaines décennies. Ça fait mal, mais c'est important.

Jean-Charles Stevens et Pierre Tevanian, *"On ne peut pas accueillir toute la misère du monde" : En finir avec une sentence de mort*, Anamosa, 2022

En quelques pages, les auteurs démontent mot par mot cette phrase derrière laquelle se réfugient nombre de personnalités politiques pour justifier actions et inaction. Ce tout petit ouvrage, qui m'a été conseillé par le libraire de L'Atalante (merci Mathieu !), est indispensable.

Pierre Dardot et Christian Laval, *Commun : Essai sur la révolution au XXIe siècle*, La Découverte, 2015

Un essai plutôt costaud mais salvateur, qui va puiser dans l'histoire pour montrer qu'un autre mode d'organisation sociale est possible. Ce plaidoyer contre l'appropriation des ressources par une minorité repose sur un principe : le commun. Il a été d'une grande aide pour rédiger l'accord mondial qu'on trouve dans *Le Premier Jour de paix*.

Sarah Schulman, *Le conflit n'est pas une agression*, B42, 2021
Cet essai féministe offre un point de vue original sur les conflits dans la sphère intime, et montre comment leurs mécanismes peuvent être transposés à plus grande échelle. La paix dans le monde commence par la paix dans les foyers.

Johan Galtung, *Peace by Peaceful Means*, SAGE Publications, 1996
Le politologue norvégien Johan Galtung est considéré comme le fondateur de l'irénologie, terme qui désigne la science de la paix. Ce champ de recherche interdisciplinaire, pendant de la polémologie, cherche à comprendre les mécanismes de la paix et des conflits. Malheureusement, cet auteur n'est pas traduit en français.

Achevé d'imprimer en mai 2023
par l'imprimerie Abedik
à Poznán (Pologne)
pour le compte de
la Librairie L'Atalante

Dépôt légal : août 2023

IMPRIMÉ EN POLOGNE